LES HÉROÏQUES

DE LA MÊME AUTEURE

AIME LA GUERRE !, Fayard, 2013 ; Le Livre de Poche, 2015.
JE VOUS TIENDRAI LA MAIN. *Euthanasie, travaux pratiques*, Plein Jour, 2015.

PAULINA DALMAYER

LES HÉROÏQUES

roman

BERNARD GRASSET
PARIS

Ce livre a reçu l'aide
du Centre National du Livre

ISBN 978-2-246-82014-7

À ma mère.

« En Pologne nous aimons l'idée de la révolte, de l'esprit qui s'insurge, n'est-ce pas ? J'aime la part de révolte qui est en moi, car j'ai une conscience aiguë de ma facilité à céder, à répondre servilement à l'attente des autres. »

SUSAN SONTAG, *En Amérique*

« Sacrée la Clémence ! le Pardon ! la Charité ! la Foi !

Sacrés ! nos Corps ! souffrant ! magnanimité !

Sacrée la surnaturelle intelligence extrêmement brillante bonté de l'âme ! »

ALLEN GINSBERG, *Howl*

Wanda

Cent. Quatre-vingt-dix-neuf. Quatre-vingt-dix-huit. Quatre-vingt-dix-sept. Quatre-vingt-seize. Quatre-vingt-quinze. Quatre-vingt-quatorze. Soixante-huit. Soixante-huit… Comment se fait-il qu'à soixante-huit ans, mon corps refuse de m'obéir ? Je compte à rebours, comme c'est recommandé, en expirant très lentement. Parfois je parviens jusqu'à quatre-vingt-dix, avant de sombrer. Que faire pour résister ? Je me laisse fléchir, perds complètement le fil, dors profondément. Enfin, je n'en sais trop rien. Parfois, l'impression troublante de me promener dans mes propres vaisseaux sanguins m'accompagne jusqu'au réveil. Égarée dans l'artère plantaire médiale de mon pied gauche, je peine à remonter vers l'artère tibiale et le haut de mon corps. Par où suis-je sortie pour me retrouver soudain en lévitation sous le plafond ? Mystère. Je plane au-dessus de mon effigie que je sais pourtant être ma chair vivante. Je l'observe d'en haut, fébrile, toute en moiteur, parcourue de légers tressaillements. Embarrassée à l'idée d'être surprise à flotter ainsi dans l'air, je me précipite – ou plutôt, comment dire ? –, je me hâte de descendre, de revenir en moi. C'est par le patch de morphine que je me réintègre. Ensuite, tout se passe de manière ordinaire. J'ouvre les yeux, fixe le lustre, et sens l'odeur des œufs brouillés au bacon qu'Edward carbonise dans la cuisine en écoutant les informations sur Radio Zet. Prise de nausées, je manque de temps pour reconstituer le voyage entre le moi d'ici-bas, immobilisé par la lourde couette d'hiver, et cet autre moi, libre de se balader à travers mon système sanguin ou de le quitter, de s'envoler vers un monde conjectural, spéculatif, sinon chimérique. Ai-je été empêchée de me déplacer au-delà du plafond ou n'ai-je simplement pas gardé en mémoire la suite de mon odyssée ?

*

Gabriela, ma fille aux mains d'enfant rongées par l'essence de térébenthine, dirait « trip », imaginant que je ne connais pas le mot. Elle me croit dépassée, fossilisée même, dans un préjugé formaliste contre tous ces anglicismes qui nous racontent le meilleur des mondes depuis la chute du Mur. Je ne lui en veux pas. Que l'on me montre un enfant qui sache discerner un être humain derrière la figure parentale ! Ma présumée méconnaissance de la novlangue n'est d'ailleurs qu'un détail, parmi les anachronismes que m'attribuent l'une ou l'autre de mes filles. Car, selon Marta, la cadette, ma démission de la faculté de médecine aurait été motivée par mon incapacité à nouer le dialogue avec les étudiants. Je l'ai entendue dérouler toute une analyse érudite et habile à ce sujet, au téléphone avec son père. Au bout de quarante ans de vie commune, Edward a la nonchalance de mener les conversations téléphoniques le haut-parleur enclenché. Quant à Marta, pas une seconde elle n'a imaginé que je puisse être lasse. En vérité, l'année où Konrad venait en cours aura sans doute été la dernière où j'ai eu le sentiment d'avoir transmis un savoir. C'était il y a vingt ans. Depuis, rien. Que des imbéciles qui m'ont demandé s'ils devaient prendre des notes quand j'ai introduit Kant dans un cours sur le syndrome néphrotique. Au moins se doutaient-ils qu'il ne s'agissait pas de l'inventeur d'un quelconque vaccin. À présent, alors que mon cancer se généralise, je ne les juge pas aussi sévèrement. Avec ou sans Kant, on a peur, on a mal, et généralement cela suffit pour qu'on ne se préoccupe pas de questions qui relèvent de philosophie pratique. « Que dois-je faire ? »

Je n'en sais fichtrement rien.

Il fait jour. J'ai toujours des nausées et une grande envie de vin blanc. Un blanc sec et bien frappé. Après-demain, Edward repartira à Strasbourg. Et si je n'attendais pas son départ pour commencer à picoler du blanc au petit déjeuner ? Il n'en serait pas choqué. Le risque étant qu'il se serve un verre de whisky pour accompagner ses œufs au bacon. En fait, je tolère mal les commentaires d'Edward, surtout quand il me signale sur un ton de nigauderie bienveillante que j'ai ronflé. « Délicieusement », précise-t-il. J'ai délicieusement ronflé. L'apparition de mes premières métastases osseuses a transformé Edward en un benêt exalté à court de superlatifs flatteurs. Jamais de mon vivant, enfin, du temps d'avant le cancer, je n'ai été aussi « délicieuse ». Espèce de baratineur ! Fauché chaque soir par un sommeil d'ivrogne, Edward n'est que le témoin factice de mes nuits. Sobre, il ne supporterait pas que je ronfle. Et puis, je ne ronfle pas. Peut-être que je gémis. Je serais prête à l'admettre. Mais le but de mes exercices de respiration n'est ni de ronfler ni de gémir. Je compte à rebours pour me détendre, harmoniser ma respiration, ralentir tout processus vital en moi. Sans résultat. Il se pourrait que les méthodes de respiration orientales ne soient pas adaptées au tempérament polonais. Au lieu de m'apaiser, je me laisse happer par les miasmes du passé. Les promenades opiacées à travers mon système sanguin me ramènent invariablement à la maison, au jour précis, et dont je me souviens très bien, contrairement à ce que je m'efforce de nier. Le plafond ne m'arrête pas.

*

Nous sommes un vendredi. Je rentre de Wroclaw, où j'étudie, par le train de dix-huit heures. Prévenu, Wladek, mon frère, vient me chercher à vélo à la gare, et nous rejoignons la maison dans des rafales de fous rires, moi assise sur le porte-bagages et lui tenant le guidon. Il vient de réussir l'examen d'entrée à l'École d'Agriculture, dans la filière de l'ingénierie forestière. Je suis fière de lui.

« Tu vas porter des galons et une salopette tyrolienne ! Un soir, en faisant ta ronde, tu tomberas sur une belle gretchen perdue dans l'obscurité avec son panier rempli de fraises des bois… »

Wladek ne fait pas de commentaires. Après avoir dépassé la sucrerie, il bifurque brusquement à droite au lieu de continuer vers notre rue, située aux confins du village et bordant la forêt. Nous longeons un champ de colza en fleur, puis le ruisseau, ce qui nous fait arriver de l'autre côté de notre jardin, auquel une porte en ferraille envahie d'herbes folles permet d'accéder à l'insu du voisinage. Brouillée avec la plupart de ses compagnons d'infortune arrivés comme elle et notre père dans des wagons à bestiaux pour habiter les maisons d'où étaient chassés les Allemands, notre mère l'utilise parfois, voulant s'éviter les vains échanges de politesses. Il faut préciser que notre mère est devenue misanthrope quand les Soviétiques ont réquisitionné la propriété familiale près de Lvov, autant dire depuis toujours à nos yeux, puisque nous sommes nés après la guerre. Enfants, Wladek et moi empruntions ce passage discret, quand l'un ou l'autre avait une mauvaise note. Autopunition que nous nous infligions, convaincus de ne pas être tout à fait dignes de la porte principale. Un système d'autodéfense aussi, qui nous donnait l'impression de nous faire plus petits, sinon invisibles, et ainsi d'échapper à la torture des sarcasmes et reproches dont notre mère nous accablait. Je ne me souviens pas d'avoir franchi la porte de derrière depuis que je suis partie étudier. Non que les méchancetés de ma mère m'aient paru moins blessantes. Au contraire, je paye mon indépendance au prix d'une vie frugale, faite d'incessants renoncements et affronts, je ne trouve donc plus aucune excuse à ma mère. J'ai arrêté de me sentir coupable. Ainsi je me suis disputée avec elle quand elle m'a traitée de « cocotte » en me voyant allumer une cigarette. Prise au dépourvu et piquée au vif, j'ai coupé court en affirmant préférer finir « cocotte » plutôt que « reine des vipères ». Elle s'est enfermée dans sa chambre pendant le reste de mon séjour, feignant une migraine. Je suis donc étonnée que Wladek nous oblige à emprunter la petite porte maudite.

« Avoue, tu as fait une connerie... », je le taquine.

Il ne réagit pas. Le ruisseau sent la vase, l'air du soir s'alourdit annonçant un orage, un soleil étalé dans le ciel tel un œuf au plat raté jette des ombres filiformes sur le jardin. Wladek, en gentleman, me fait passer devant lui, résolu à traîner le vélo, mon sac et un filet de pain sec destiné à nos lapins. Je m'approche de la maison d'un pas élastique, appelle notre chienne, d'habitude occupée à dévaster le potager. Elle me répond par un aboiement étouffé, étrange. À un mètre de l'enclos où mon frère avait installé les cages des lapins, j'aperçois les pieds nus de notre mère, dont le reste du corps doit reposer à l'abri de la lumière, sous un auvent en bois, qui nous sert à stocker des bûches. Contrairement à ses mains, les pieds de notre mère ont gardé une élégance d'avant-guerre. Leur peau paraît bien nourrie, douce, renfermant une sorte de mystère comme ceux des statuettes de la Vierge. Je fixe ces pieds absurdes et m'avance au ralenti, alertée par l'idée qu'ils n'ont pas à être exposés à cet endroit-là, ni à cette hauteur-là. Wladek m'attrape l'avant-bras. Je sursaute. Il me serre plus fort. D'un bref coup d'œil, je balaye les cages ouvertes, un lit, un drap blanc, un autel de fleurs fanées, une nuée de mouches à viande, repues et malgré tout affairées. Allongée sur son lit, dans une fine robe à rayures pastel, notre mère, morte, tient entre ses mains un lapin, mort lui aussi. Arrangés avec soin, ses cheveux sont parés de plumes qui forment une coiffe dont la blancheur neigeuse a quelque chose de parodique et d'effrayant à la fois. Son visage, qu'elle lavait matin et soir avec des flocons d'avoine trempés dans une eau à peine tiède, semble en parfait état, on dirait un masque. Enfin, disposées tout autour de son corps, des anémones, des cattleyas, des marguerites, des grappes de guimauves, choisies probablement en raison de leur tonalité pâle, diffusent une odeur sucrée, difficilement supportable. À moins qu'il ne s'agisse des effluves, plus redoutables, de la décomposition. Tétanisée par l'excentricité baroque de la scène, j'avance vers le lit, me couvrant la bouche et le nez d'une main. Je me sers de l'autre pour soulever la robe de notre mère. Elle a des taches violacées sur le dos et les jambes. La marque verdâtre sur l'abdomen me permet de faire remonter approximativement son décès à un ou deux jours. C'est la première fois que j'applique les connaissances acquises au cours de mes études de médecine.

Je me tourne vers Wladek. L'expression d'une colère contenue lui déforme la bouche. Poings serrés, il se tient bien droit, concentré, tendu.

« Trouves-tu normal qu'une femme torde le cou à un lapin ? L'as-tu déjà vue faire ? C'était insupportable ! Abject ! Elle aurait pu demander de l'aide à quelqu'un, à un homme, un voisin... Mais elle était trop fière pour ça. Et puis, elle avait moi, un lapin à elle, un lapin, comprends-tu, Wanda, un lapin, un larbin... »

Wladek se met à trembler. Je jurerais qu'il tombe dans la forme la plus évidente d'*amok*, cette rage incontrôlable dont les descriptions me fascinent chez Kipling, si je ne savais que mon frère est incapable de commettre la moindre violence. D'un coup, il commence à singer notre mère dans un accès terrifiant d'hystérie :

« Alors, Wladek, tu es un homme maintenant... Comment ça ? Monsieur l'ingénieur ne veut pas se salir les mains ? Regarde mes mains à moi ! Sais-tu que ces mains jouaient du piano, qu'elles tournaient les pages des livres, qu'elles ne servaient à rien d'autre autrefois ? Ça te dégoûte ? Ta mère qui tue des lapins ? Qui lave, qui essuie, qui épluche les pommes de terre, qui nettoie les cabinets ? Ta mère devenue ouvrière pour que vous puissiez, toi et ta sœur, entrer à l'université ? Ah ! Tu n'es tout de même pas naïf au point de croire qu'avec une mère d'origine bourgeoise, ils t'auraient laissé étudier, non ? Si j'avais repris un travail dans l'enseignement, vous auriez été disqualifiés d'entrée de jeu ! Mais maintenant monsieur l'ingénieur répugne à tuer une pauvre bête... Tue-le, ce lapin, sinon je lui tranche la gorge ! T'entends ? Je lui coupe sa petite tête avec une hache ! Une hache ! »

Wladek s'effondre sur les genoux. Sa tignasse couleur miel, héritée de notre père, son corps parfaitement racé, étiré et sportif, bouge au rythme des contractions qui lui parcourent le corps.

« Je me suis enfui dans la forêt et quand je suis rentré hier soir, elle était là, dans l'enclos, étalée par terre. Elle a dû faire une attaque... je ne sais pas... une crise cardiaque... Cette folle a fait une crise, elle s'est rompue... son cœur a éclaté. »

Je ne sais quoi faire. Le visage couvert de morve, Wladek me jette un regard perdu. Je lui administre une claque pour le réveiller.

« Debout ! Aide-moi à la mettre par terre. »

Il obtempère. Nous débarrassons le lit des fleurs et du lapin mort, puis nous déplumons littéralement notre mère pour la débarrasser de sa « couronne ». Je la saisis par les chevilles, Wladek par les épaules. J'ordonne alors qu'on la remette avec le lit dans la chambre, à sa place.

Puis, je tâte le mur derrière la gazinière, là où notre mère cache ses cigarettes, croyant échapper à la curiosité de ses deux enfants. J'en allume une et tends le paquet à Wladek qui refuse mon offre.

« Je sais que tu ne l'as pas étranglée. Mais, avant que j'aille chez Goldberg, il faut que je sache si tu ne l'as pas empoisonnée. Je dois être sûre de ce que j'avance. Et tu devras le confirmer plus tard, peut-être devant la milice. Tu comprends ? »

Wladek me dévisage avec étonnement, comme s'il était banal de laisser le cadavre de sa propre mère dans le jardin.

« La milice ? Wanda, je n'ai rien fait de mal… »

Je saute sur le vélo et pédale à toute allure vers l'autre bout du village pour frapper chez Goldberg. Notre mère ne consulte que lui depuis toujours, bien qu'il ne soit pas un excellent médecin. Mais Goldberg, le seul Juif qui s'était donné le mal de survivre à la guerre pour prendre un train à bestiaux vers la Pologne et y supporter en silence l'animosité de ses nouveaux voisins, connaît notre mère du temps où leur principale préoccupation se limitait à réserver une bonne place au théâtre de Lvov. Elle va chez lui parce qu'il est la dernière personne sur Terre, sans compter sa sœur, notre tante, à se souvenir d'elle telle qu'elle aurait voulu rester. Selon Goldberg, ma mère enseignait le polonais et l'anglais au lycée de jeunes filles, lisait la presse littéraire avec avidité et s'habillait avec goût. Les vingt dernières années passées à trier les betteraves et tuer les lapins lui échappent tel un malentendu sans gravité. Dès qu'il m'aperçoit, il comprend que c'est fini. Que la vraie vie, celle d'avant 1939, ne ressuscitera plus lors des visites de madame Bilikowska. Comme s'il découvrait brusquement que le thé polonais qu'il boit depuis un quart de siècle est dégueulasse, en tout cas sans comparaison avec le thé anglais d'avant, qu'il n'a pas goûté un vrai café depuis l'invasion des Soviétiques, que ni les bus ni le courrier n'arrivent jamais à l'heure, que les téléphones publics ne fonctionnent pas, que la presse fournit des informations sans intérêt sinon falsifiées, que ses voisins tolèrent sa présence parce que son concurrent, le Dr Bierski, prend plus cher et ne dispose jamais de places libres. Goldberg a usé jusqu'à la corde tous les filons lui permettant de faire abstraction de la réalité, et désormais, il n'a d'autre choix que de la regarder en face. Je n'ai pas à recourir à quelque ruse diabolique pour le convaincre de l'état de choc de Wladek, lequel l'a empêché d'alerter plus tôt un médecin. Le soir même, Goldberg signe l'acte de décès de notre mère, puis demande à rester seul avec elle. Derrière la porte, nous entendons ses sanglots. Le lendemain de l'enterrement, il prend l'avion à destination de Tel Aviv. Quant à Wladek, il fait un séjour de deux semaines à l'hôpital pour cause d'épuisement nerveux.

*

Edward ignore tout de cet incident. Nous avons fait connaissance plus tard certes, mais j'aurais pu lui en parler. Une entente tacite avec Wladek me mure pourtant la bouche. La honte aussi. Très tolérant à l'égard de l'originalité de mon frère avec qui, par ailleurs, il n'a que de rares contacts, Edward ne pousserait pas l'amabilité au point de lui poser des questions personnelles. Ainsi, il s'agit moins d'un mensonge que d'un silence accommodant. Edward n'a pas pour habitude de forcer les aveux, ce que je lui rends avec surplus. Edward ne force jamais rien. Je l'observe depuis quarante ans. Il m'évoque Siddhartha, l'agaçant personnage de Hesse, quand il s'essayait au commerce chez le marchand Kamaswami : « Y avait-il un gain, il l'acceptait ; était-ce une perte, il en riait et se contentait de dire : "Tiens, tiens ! l'affaire a mal marché !" » En un sens, Edward se laisse choir dans l'action sans rien en attendre de précis. Et quand il réussit, puisque la plupart du temps Edward réussit dans ses entreprises, il ne manifeste pas de joie excessive ni de triomphalisme. D'aucuns y percevraient le signe d'une désaffection. Je préfère y reconnaître la marque d'une tempérance.

L'ancien journaliste, l'homme d'affaires chevronné, le député européen courtisé par les médias pour son franc-parler, mon époux donc, résiste victorieusement aux vicissitudes du destin. Mais pas seulement. Edward tient tête aux grands mouvements de l'Histoire, à la mort des idées. Il se rendait régulièrement au Comité central du Parti à Varsovie, un immeuble monumental en pierre de taille blanche, appelé ironiquement la Maison Blanche à l'époque communiste, et transformé au début de la transition démocratique en premier siège de la Bourse, où il allait plus souvent qu'au Comité mais toujours avec le même détachement quasi brahmanique. D'instinct attentif à la disposition fluctuante du monde, Edward semble avoir compris ce que la plupart ignorent : nous n'agissons pas par volonté car la volonté n'existe pas, il nous est tout au plus possible d'accomplir, ou pas, les actions qui s'imposent. Comme à cet instant où la tranche de bacon restée collée à la poêle ordonne à Edward de réagir. Dieu, quelle vigueur ! C'est presque obscène à voir.

« As-tu lu cet article dans le *Daily Mail*, que tu as mis comme cale sous la table de chevet ? Celui sur les femmes vieilles… », je lui demande en franchissant le seuil de la cuisine, alors qu'un mince filet dégouline le long de ma colonne vertébrale, froid comme la sueur d'une proche agonie. Le sujet me vient opportunément à l'esprit, écartant le risque que je contamine l'atmosphère de cette paisible matinée avec mes vapeurs noires.

« Ah, Wanda… J'allais te porter ton café. Un article sur les femmes vieilles ? Non. Pourquoi le lirais-je ? Je ne connais pas de femmes vieilles.

— Tu es un vieux tout à fait adorable… », lui dis-je en m'asseyant, non sans effort, sur une de ces chaises conçues pour des gens en bonne santé, « C'est un sondage réalisé auprès des Britanniques et dont il ressort qu'à partir de quarante ans, les femmes ne devraient plus porter de piercing, de tatouages ni de minijupes.

— Je n'aime pas qu'on me prive du droit d'admirer des jambes qui ont plus de quarante ans ! C'est du totalitarisme anti-vieux !

— Bravo ! Je te vois en "Liberté guidant la *silver economy* sur les barricades", torse bombé, bonnet phrygien sur la tête... Je te suivrai fidèlement, mon unique sein à l'air !

— Tu es superbe avec ton seul sein... Veux-tu que je te mette de la confiture ? »

Edward me fait la proposition sur un ton aguicheur qui me décontenance. Incrédule, je m'enquiers d'un détail : « Où ?

— Bah, sur ta brioche... », précise-t-il, étonné, avant de se montrer confus à son tour, « Ah ! Ce n'est pas ce que tu voulais entendre... je suis un idiot fini !

— Pis, mon cher ! Nous avons vieilli, voilà tout. Autrefois tu aurais mis cette fichue confiture ailleurs que sur ma brioche et sans me demander mon avis. Tu es resté marié trop longtemps à une vieille femme-cyclope.

— Une femme-cyclope ?

— Comment appelles-tu une femme qui a un seul sein, sinon ?

— Une femme-licorne ou une femme-rhinocéros, ça dépend de la forme du sein.

— Brillant ! Mets-moi de cette confiture, là où la mettrait un bon catholique polonais, s'il te plaît.

— J'assume avoir parfois l'esprit de l'escalier... L'inspiration me vient en descendant de la tribune, comme disait le poète. Néanmoins, j'ai gardé un penchant pour l'érotisme anar ! Tu vas voir... », se vante-t-il.

*

Qu'est-ce que je fais dans cette cuisine, l'oreille gauche barbouillée de confiture de rhubarbe ? La dernière fois, un incident pareil m'est arrivé quand le Nutella était apparu sur le marché polonais, il y a vingt ans. Parfois, je me demande de quelle couleur est Edward. De quelle couleur émotionnelle, selon l'expression de Gabriela, et non pas politique. D'instinct je le qualifierais de libertin, mais sceptique à l'égard du libertinisme intello, celui des auteurs français du XVIIIe dont la sophistication bavarde l'ennuie profondément. Pourquoi d'ailleurs faudrait-il que je catalogue Edward ? Au courant depuis toujours de ses coucheries, je ne saurais lui reprocher son infidélité. Le mariage était contraire à nos idéaux, mais nous nous sommes mariés malgré tout, dans l'intention de nous épargner un tas de problèmes administratifs au moment de la naissance des enfants. À l'époque, en Pologne, les gens se mariaient pour des raisons infiniment moins valables – soit parce qu'ils confondaient le sexe avec l'amour, soit parce qu'ils cherchaient à obtenir un appartement, soit parce qu'ils voulaient garder de bons rapports familiaux, soit, au contraire, parce qu'ils aspiraient à se libérer de l'emprise tribale, ou qu'ils étaient croyants. Conscients des limites qu'une union légitime impose à une relation amoureuse, nous sommes passés à l'acte, en nous promettant de préserver à la fois la liberté et le seuil de tolérance de chacun. L'amitié amoureuse qui nous liait avait exclu, dès le départ, le devoir de fidélité.

Mais il est apparu hors de question à chacun de consentir à une double vie de l'autre, à des enfants illégitimes, qui auraient nécessité un engagement affectif et logistique intenable à long terme.

Je me demande, aujourd'hui encore, si ma relation avec Konrad relevait d'une double vie. Je n'ai jamais eu à me demander si Edward mentait au sujet de ses heures supplémentaires au travail, ou d'un voyage d'affaires à l'étranger auquel je n'étais pas conviée. Par pur hasard, j'ai connu deux ou trois de ses conquêtes, dont une seule m'a déplu au plus haut point. C'était une Italienne, correspondante de la RAI, précipitée à Cracovie le lendemain de l'élection de Karol Wojtyla au trône pontifical. L'extravagance du socialisme réel a voulu que Edward couvre l'événement au profit de son journal, *Gazeta Krakowska*, lequel appartenait au Parti. Débrouillard, il s'était mis au service de journalistes étrangers en quête de détails inédits concernant l'exotique successeur de saint Pierre. Gourmande et tenace à la manière de toutes les Méditerranéennes, la belle Loretta s'était persuadée qu'après trois jours avec mon mari à Zakopane, où le pape aimait skier et philosopher avec les montagnards, rien ne pourrait entraver leur avenir matrimonial. J'ignore comment elle avait réussi à obtenir notre numéro de téléphone, mais elle ne s'en est pas servi longtemps.

« Mastroianni, tu as un appel ! », ai-je lancé à Edward, ce qui a eu pour effet immédiat une coupure de courant affectif sur la ligne Rome-Cracovie.

Depuis que Edward est devenu député européen, les coups de fil se sont multipliés. Je les reçois à la maison en son absence, doute qu'ils viennent de ses maîtresses. Les journalistes, les militantes de tous bords, les conseillères en communication, les collègues du Parti – toutes ces mygales disposées à dévorer le mâle, suivant le nouveau dogme de la parité : je sais Edward insensible à leurs phéromones. Le plus souvent, j'ai affaire à Maria, la secrétaire personnelle d'Edward, responsable de la coordination de ses rendez-vous d'affaires. Discrète et dévouée, elle est en outre trop intelligente pour risquer sa place en échange d'une partie de jambes en l'air avec un patron dont la femme a sauvé ses propres enfants. J'ai guéri les jumeaux de Maria d'une méchante pneumonie, il y a une quinzaine d'années. Au courant de mon cancer, elle se propose régulièrement de m'emmener à mes rendez-vous à la clinique, s'attarde après à la maison, me mijote une soupe aux orties à laquelle elle prête je ne sais quels pouvoirs thérapeutiques. En bonne catholique de gauche comme on n'en fait plus dans notre pays, elle n'a jamais manifesté la moindre intention de sauver mon âme, ce dont je lui sais particulièrement gré.

« J'ose à peine imaginer l'épreuve par laquelle vous passez. Vous et Edward formez un couple modèle. C'est une chance incroyable de s'aimer avec une telle force », m'a-t-elle un jour lancé sans détour.

Soucieuse de ne pas anéantir sa pieuse illusion, je lui ai suggéré d'éviter de nous imiter.

« Chère Maria, il vaut mieux que vous n'amalgamiez les sentiments avec ce qui relève du négoce et de la simple courtoisie... »

Sonnée, Maria s'est défendue. Elle croit à l'amour, aime passionnément son mari, etc. J'ai compris le message et fui ce terrain miné.

*

Edward réapparaît dans la cuisine sur son trente-et-un, en costume Lanvin, un beau foulard bordeaux noué autour du cou.

« Wanda, que fais-tu encore là ? Avec la confiture qui sèche sur ton oreille...

— Te souviens-tu de cette nuit qu'on a passée, quand tu as appris que Mick Jagger s'était fait surprendre par les flics en train de dévorer une barre de Mars coincée entre les cuisses de Marianne Faithfull ? »

Nées la même année, 1946, nous avons probablement vécu trop longtemps, Marianne et moi. À travers son visage faisandé, épais comme une courge oubliée dans un champ, et dont la photographie s'étire sur deux pages d'un magazine que je feuillette, le temps me tend le miroir dans lequel je refuse de me reconnaître. Edward m'observe du coin de l'œil. Un sourire insaisissable, mi-embarrassé mi-canaille, accroché aux lèvres, il plonge soudain dans une nostalgie douce :

« Imagine seulement de quoi nous aurions été capables, si la Pologne avait su produire un équivalent de Mars en 1970... Il fallait qu'on se débrouille avec les minables tablettes "Wedel", qui fondaient à température ambiante et laissaient des taches d'huile sur...

— Ah oui ! Les taches d'huile... Je ne voudrais pas que tu t'interdises ce genre de distraction après ma mort, alors qu'on trouve du très bon chocolat maintenant.

— Le chocolat est bon, mais les filles... les filles, Wanda... Elles vivent le fait d'être nées femmes comme une humiliation et se surveillent mutuellement dans le respect d'une alliance secrète, laquelle consiste, d'après mon expérience, à ne plus donner de plaisir aux hommes, quitte à ne plus en prendre non plus. »

Je tombe à la renverse. Serait-il à ce point macho indécrottable ? Ou à ce point rompu au commerce charnel ? Perplexe, je lui fais une déclaration :

« Edward, je ne veux pas gâcher nos derniers jours ensemble, mais il faut que tu saches que je t'aime. Plus précisément, j'aime ton intelligence. »

Appuyé au réfrigérateur, Edward fixe ses chaussures, quand il décide de me répondre après un bref silence.

« Tu m'a toujours prêté l'instinct d'un jouisseur dévergondé, Wanda. En réalité, c'est plus compliqué. Je ne suis pas un homme à femmes. Je suis un homme qui aime les femmes qui aiment les hommes. Et des femmes qui aiment les hommes, il n'y en a plus beaucoup. Maintenant je dois y aller, ma jolie. Si tu te sens la force, j'aimerais que nous dînions dehors. Au Camelot ? »

Mon café-restaurant préféré de la Vieille Ville, où j'ai vécu les derniers émois de ma relation avec Konrad. Je ne saurais mourir sans y retourner.

« Quelle bonne idée de dîner dehors. Je me débrouillerai pour vomir avant et ferai une longue sieste dans l'après-midi. »

Sur le point de partir, ses clés à la main et le chapeau enfoncé sur le crâne, Edward m'embrasse doucement sur la bouche.

*

Que peut-on avoir à faire, à six ou sept mois du trépas ? Quel genre d'activité entreprend-on avec entrain et célérité ? De quoi se préoccupe-t-on en attendant que le rideau ontologique se lève et retombe derrière nous ?

Je pense obsessionnellement à Jerzy Grotowski, que j'ai côtoyé autrefois. D'après ce que j'ai pu en lire, il a vécu ses derniers jours tel un animal blessé, isolé dans sa tanière de Pontadera, en Toscane, au sein de ce qu'on appelait le « Workcenter ». Un jeune Américain y prenait soin de lui. Vers la fin, sa participation aux travaux de la nouvelle troupe se limitait à une heure par jour, puis à quelques minutes. Que faisait-il le reste du temps ?

Dire que j'ai connu Grotowski, une des plus grandes figures du théâtre du siècle passé, dans un trou perdu comme Opole – une ville située à quatre-vingts kilomètres de Wroclaw, où on m'avait envoyée effectuer mon premier stage rémunéré aux urgences. San Francisco se mettait déjà à l'heure de l'amour libre. Opole, gérée d'une main de fer par un Allemand, ancien pilote de la Luftwaffe qui vérifiait personnellement si les poubelles avaient bien été ramassées, se vidait à la tombée de la nuit. Grotowski – j'ai aussitôt commencé à l'appeler « Le Boss » à l'instar du reste de sa troupe théâtrale – a poussé la porte de l'hôpital aux aurores. Il était accompagné d'un certain Ludwik Flaszen, son fidèle collaborateur. J'ai vite compris qu'ils fonctionnaient en tandem inséparable. Là où se manifestait l'un, on s'attendait à voir l'autre. Ainsi, cette nuit, ils souffraient tous les deux, mais de maux différents. Le premier s'autodiagnostiquait une céphalée de tension accompagnée de douleurs pulsatiles, le second justifiait sa présence par une crise aiguë d'*angina pectoris.* Parmi les trois hommes qui ont fait de moi ce que je suis, seul Ludwik ne m'a jamais blessée ni causé de chagrin. Même lorsque nous nous sommes perdus de vue, bien des années après ; même quand je le savais exilé en France, peut-être amer ou abattu ; même après avoir appris la mort de Grotowski à la radio, une mort dont Ludwik a dû terriblement souffrir, je l'imaginais quiet, à l'exemple des grands sages qui ne se lamentent pas sur le cours des choses, aussi défavorable soit-il, s'ils ne peuvent pas le changer. Ce fut, à n'en pas douter, une des plus belles rencontres de ma vie.

Depuis que je me sais condamnée, je songe sans cesse à eux, en même temps qu'à la fétichisation de notre mère défunte, si ingénieusement accomplie par Wladek. Car il y avait du génie, malsain, mais du génie tout de même, dans la mise en scène de ce corps sans vie. Un sens esthétique qui n'aurait pas déplu au Boss, avec le vieux lit de fer transformé en catafalque, l'agencement de l'espace clos, rectangulaire, à ciel ouvert, où un public en petit nombre aurait pu s'asseoir, entouré des cages à lapins vides. Qu'en aurait dit notre furieusement théâtrophile de mère ? Elle qui nous accablait chaque dimanche, mon frère et moi, de ses récits affectés de mondanités, tout en astiquant le plancher. Tel un primitif devant son totem, il fallait qu'elle soit à genoux pour parler des pièces qu'elle avait vues au théâtre de Lvov avant la guerre, glissant imperceptiblement mais immanquablement vers une sorte de transe à mesure que ses souvenirs se chargeaient de détails superflus. Une coupure d'électricité pendant le siège de Lvov par l'armée ukrainienne en 1918 avait mis fin aux représentations de la comédie les *Chants des uhlans* de Bunikiewicz. Le public ne savait pas quand il fallait rire, pis encore, il n'avait pas ri à la première de *Pygmalion* alors que, pour une fois, Czarnecki était stupéfiant dans le rôle de Higgins.

Las, mon frère et moi faisions des commentaires par politesse, convaincus de ne jamais avoir à mettre les pieds dans un théâtre. Comme l'argenterie familiale et les chevaux, comme l'épicier juif qui pissait dans le tonneau de cornichons pour accélérer leur fermentation, le théâtre était resté à tout jamais derrière la frontière spatio-temporelle établie par les Soviétiques en 45. Notre mère nous avait persuadés du caractère révolu de certains loisirs culturels, dans lesquels elle incluait à égalité : le théâtre, la chasse et l'élevage de chiens de race. Employée à la chaîne dans une sucrerie, la seule place alors adaptée à une ancienne institutrice, de surcroît veuve d'un entrepreneur capitaliste, elle avait eu assez de volonté pour apprendre à trier les betteraves, assez d'intelligence pour ne pas voir lequel de ses collègues volait les conserves, mais trop peu de confiance en l'homme pour reprendre goût à la vie. Peut-être aurait-il fallu que je la convainque de venir avec moi à une des représentations du théâtre de Grotowski, si j'avais voulu la voir revivre. Mais je m'étais tellement habituée à côtoyer un spectre égaré dans un monde qui n'était pas le sien, qu'il ne m'était même pas venu à l'esprit de le lui proposer.

Pourtant, les occasions n'avaient pas manqué. Revenu me voir pour chercher de nouveau des comprimés contre les céphalées du Boss – imaginaires, sinon révélatrices d'un trouble psychosomatique –, Ludwik m'avait apporté quelques numéros de l'introuvable mensuel théâtral *Didaskalia*, contenant des drames de Genet et de Dürrenmatt.

« Vous pouvez me les rendre au théâtre, nous y sommes chaque jour, chaque soir, parfois nous y dormons. Et c'est à deux pas d'ici. Le Théâtre des Treize Rangs, place du Marché... »

Je suis donc allée, un brin intimidée par manque de pratique, au Théâtre des Treize Rangs, sans trop savoir à quoi m'attendre. Son existence même me paraissait vaguement suspecte dans un patelin comme Opole, ou du moins attestait-elle de l'héroïsme forcené des artistes scéniques polonais. Espérer attirer le public en plein mois de juin avec *Acropolis* de Wyspianski, dramaturge symboliste et franchement abscons, relevait d'une folie semblable à celle des dirigeants du théâtre de Lvov qui, pendant les combats entre les Polonais et les Ukrainiens, en 1918, dans une ville assiégée, privée d'électricité et d'eau potable, avaient eu le chic de monter et représenter *Le Sarmatisme* de Zablocki. Le drame de Wyspianski appartient, lui aussi, au grand répertoire patriotique, sauf qu'il est bien écrit. J'avais pris soin de lire la pièce avant d'y assister. L'ensemble m'a assommée plus vite que les cours de « défense civile » que nous étions obligés de suivre à la fac. J'appréhendais la soirée. Et soudain, sans m'y attendre, j'ai vécu un éblouissement ! Le génie du Boss avait transposé le texte original dans ce qu'il appelait le « cimetière de tribus » de notre siècle : Auschwitz. Choix qui fleurait la provocation. À l'époque, Auschwitz n'était pas ce qu'il est devenu par la suite. Le pouvoir s'était débrouillé pour qu'il demeure, dans les années 60 encore, le symbole du martyre polonais. J'avais, quant à moi, vu Goldberg s'attarder avec ma mère dans notre cuisine et lui raconter la déportation des siens. Ça le prenait comme ça. Il frappait à la porte, ma mère lui ouvrait, préparait du thé, ils restaient sans mot dire, après quoi on n'entendait que la litanie des prénoms qu'il récitait comme s'il lisait un calendrier. L'essentiel, Goldberg le disait toujours sans émotion. Alors j'avais pensé à lui pendant le spectacle, tout en m'abandonnant au rythme d'une prosodie quasi liturgique avec ses accents appuyés, décalés, presque persifleurs. Le Boss avait fait du Christ une poupée en chiffons, difforme et privée de tête. Une mise en scène qui s'accordait avec la vision de notre mère. Elle avait cessé d'aimer Jésus pendant la guerre. N'empêche, sur scène, les personnages lui dédiaient leurs chants sacrés, mi-cantiques mi-lamentations, entrecoupés de ricanements, de plaintes, de cris, montant en puissance jusqu'à l'extase, rappelant la chrétienté médiévale et l'idolâtrie païenne, ou encore les manifestations de foi qui avaient lieu à l'église voisine du cabinet de Goldberg. Les acteurs circulaient entre le public. C'était troublant. Nous pouvions sentir leur sueur, le tressaillement de leurs muscles, le sang qui battait dans leurs veines, avec la même netteté que je sentais les regards appuyés quand je passais à côté de l'église sans me signer. Oui, c'était déconcertant de vérité. Mais voilà qu'ils disparaissaient déjà sous terre – le christ-pantin en premier – se glissant l'un après l'autre dans une caisse disposée au milieu de l'espace. Un four crématoire ? Assise près de moi, une femme d'une quarantaine d'années avait fondu en larmes. La première émotion intense et douloureuse en rapport avec la guerre, je l'ai donc vécue au théâtre. Personne ne s'est précipité pour applaudir. Les gens sont sortis dans un mutisme de survivants coupables. Moi compris. La fille de Goldberg aurait eu cinq ans de plus que moi, si elle avait survécu.

Dehors, la femme en pleurs m'a proposé une cigarette. C'était ma première, dont j'ai gardé le piquant sur la langue jusqu'à ce jour. Il m'arrive de penser que j'ai introduit la mort en moi, à ce moment-là. Aurais-je arrêté de fumer si j'avais su que le crabe ne me raterait pas ? Une cicatrice laissée par la mastectomie, mes beaux cheveux conservés dans une enveloppe en papier-calque semi-opaque, les veines violacées en raison de plusieurs chimiothérapies, une canne pliable, discrète et plutôt élégante, qui m'accompagne partout, et par-dessus tout, la nécessité de me cacher quand je veux en griller une. À ce propos, je ne me priverai pas d'un bref instant de bien-être en entamant un nouveau paquet sur le balcon. Le Boss n'aurait pas changé ses habitudes à cause du banal inconvénient d'être à l'article de la mort. Il s'en fichait. Car il se fichait de presque tout ce qui ne concernait pas directement son art.

*

Si je devais être honnête avec moi-même, j'avouerais que je n'ai jamais beaucoup aimé Grotowski. Pourtant il m'a épatée au moment où nous avons eu l'occasion de bavarder en tête à tête lors d'une réception. Abstraction faite du contexte, lequel ne se prêtait pas à un échange approfondi, Le Boss s'était mis à raconter l'histoire de Genès de Rome, un saint martyr décapité sur ordre de Dioclétien pour s'être converti au christianisme après avoir parodié des centaines de fois les fidèles de Jésus. La théorie du Boss à propos de Genès ne manquait pas d'audace. Selon lui, Genès se serait identifié à ce point aux chrétiens, qu'il avait fini par partager avec sincérité leur croyance.

« Seuls les plus grands acteurs parviennent à ce genre de transfert entre leur être intime, leur essence, et leur rôle… », avait-il commenté.

Un des maîtres-mots de Grotowski, « essence », est ainsi entré dans mon vocabulaire. Dès lors je n'ai cessé de me demander : qui suis-je ? Comment savoir en effet ce qu'est notre « essence », et quel est notre « rôle », si le « rôle » pénètre l'« essence » au point qu'elle en devient l'entité constituante, à l'exemple de ce qui est arrivé au païen Genès ? La question a pris une tout autre dimension depuis que je compte les jours qui me séparent de ma mort : quelle forme donner à ce point concluant ma vie ? Quant à son sens, je ne le cherche pas. Mais la manière précise dont se déroulera mon agonie, la mise en bière, la cérémonie funéraire, et jusqu'au choix du cercueil, me préoccupent beaucoup. Je refuse qu'on improvise avec mon cadavre, comme ce fut le cas avec celui de ma mère, même s'il faut reconnaître une certaine corrélation entre les excentricités dont elle était sporadiquement capable et le rite funèbre que lui a réservé mon frère. Peut-être même, et vraisemblablement malgré lui, à travers son acte d'apparence insensée, sinon profanateur, Wladek aurait-il saisi l'« essence » de notre mère.

Depuis le déclenchement de ma maladie, mon essence m'est devenue inaccessible. Je compte, je respire, je radote, je divague, tantôt j'oublie l'esprit, tantôt le corps, c'est toujours l'un ou l'autre, jamais les deux à la fois. Mes métastases me tiennent en laisse, chaque jour plus courte. Descendre dans le jardin, tailler les pommiers avant qu'il ne fasse trop chaud, m'appuyer contre le noyer et rester ainsi jusqu'à ce que je sente sa sève couler en moi, me demandent un effort titanesque, rarement récompensé par l'instant de sérénité qu'autrefois je ressentais en présence de la nature. Je me suis crue jadis, en cette folle période de nos stages para-théâtraux sous l'égide du Boss, partie intégrante d'un milieu cosmique dont je n'étais pas un élément irremplaçable, mais à coup sûr unique. Une conviction intime, instinctive, immuable pendant longtemps, et qui me tenait lieu de foi. Pourquoi l'ai-je laissée se dissiper, me quitter ? Que faire pour la retrouver ?

*

Ludwik a tenté de me convaincre que, quand il entre en connexion avec l'« essence », notre corps commence à manifester les signes d'une transformation. Mais c'est grâce au Boss que j'ai compris le concept. Il l'avait incarné. Après nos entrevues aux urgences, j'ai gardé l'image d'un Grotowski lourdaud, spongieux, maladivement enflé, et vraisemblablement conscient de sa disgrâce physique car soucieux de la cacher sous des costumes difformes et des chemises boutonnées. Même ses pieds, il les camouflait dans des chaussettes, portées en plein été avec des sandales. Ludwik manifestait une indulgence excessive face au laisser-aller vestimentaire de son ami, y voyant une attitude digne des plus grands ascètes ou autres espèces disparues de gymnosophistes. Cependant, à Cracovie où Le Boss a fait ses études au conservatoire d'art dramatique, on lui a collé l'étiquette de graphomane qui pue des pieds. Certes, il empestait. Malgré une propreté maniaque, plusieurs douches par jour, linge impeccable, l'odeur d'urine l'accompagnait partout, s'incrustant durablement dans les endroits où il s'attardait, de sorte que sa présence en condamnait l'usage le temps d'une énergique aération. Mais Grotowski était devenu le directeur d'une jeune scène qui se démarquait et il devait la représenter. Ce n'était pas gagné d'avance.

La mort le reniflait depuis l'enfance. Une scarlatine contractée pendant la guerre lui avait causé une insuffisance rénale qu'un médicastre de province avait diagnostiquée à son adolescence, annonçant à sa mère qu'il ne survivrait pas au-delà de trente ans. En se rhabillant derrière le paravent, Le Boss n'avait alors pas eu à tendre l'oreille pour comprendre de quoi parlaient les adultes. Sa promptitude à agir, à travailler sans se ménager, à soumettre son corps défaillant à une pratique rigoureuse du yoga incluant les *asana* les plus exigeants, à chercher la perfection dans le moindre geste, ne lui venait-elle pas d'un infantile entêtement à conjurer le sort, à tirer la langue à cette sentence de mort si cruellement prononcée ? Il s'est accompli avant son quarantième anniversaire – gloire, reconnaissance, passage à la postérité. Et c'est comme si un poids – des couches de graisse autour de son squelette d'enfant agile et léger – avait soudain fondu. La métamorphose a été tellement spectaculaire qu'elle paraissait truquée, sinon révélatrice d'un processus jusque-là inconnu chez l'homme, mais minutieusement décrit dans les manuels de zoologie en tant que mue des squamates.

Fait notable, le phénomène coïncidait avec un long séjour du Boss en Inde. J'ignore ce qui lui y est arrivé, mais c'était comme si une musique, un mouvement, une sorte d'électricité, circulaient en lui, peut-être à son insu. Hélas, la transformation n'a pas résisté à l'épreuve de la maladie et du temps. Après s'être pavané en blouses hippies déboutonnées jusqu'au nombril, il a remis l'uniforme d'un fonctionnaire des impôts. Seule sa barbe hirsute, qui lui donnait l'air d'un rabbin hassidique plutôt que d'un sâdhu, est restée intacte, telle la relique d'un passé glorieusement mystique. Bien plus tard, Ludwik m'a confié que la mort était devenue leur sujet préféré de discussion. Le Boss envisageait de se suicider afin d'échapper à la douleur, à l'infirmité et à la dépendance aux autres. Il est temps que je réfléchisse, moi aussi, à la façon d'échapper à la dégringolade finale.

*

Tiens, Edward a laissé ses gants dans la cuisine. Pauvre Edward. Je ne l'envie pas de se retrouver bientôt seul ici, au milieu de cette cuisine aseptisée où il avalera des plats réchauffés au four à micro-ondes, face à une chaîne d'informations en continu. Curieux quand même. Lui, si prévoyant, n'a pas encore acheté de caveau, ni pour moi, ni pour nous. Le temps presse pourtant. Improbable qu'il ait oublié, quand on sait qu'il est à jour du paiement de l'assurance-santé de notre chat. Craindrait-il d'en parler avec moi, ne sachant pas où je souhaite reposer ?

Surtout, il ne faut pas que Edward prenne l'initiative d'acheter des places au cimetière d'à côté, à Salwator. Gabriela m'a dit avoir découvert un village du sud de la France où elle veut qu'on l'enterre. Ma fille quadragénaire a enfin eu un coup de foudre. Je l'ai annoncé à Edward. Il m'a répondu qu'il faut bien commencer par aimer quelque chose, peu importe quoi, et si sa fille aînée se montre incapable d'aimer les gens, nous devrions nous réjouir qu'elle aime au moins un cimetière. Dans un sens, j'envie Gabriela. Quoi de plus essentiel que d'aimer la terre qui nous accueillera *ad vitam aeternam* ? Déclarer un amour si définitif, si entier, à un territoire ou à un paysage, n'est pas donné à tout un chacun. Je n'ai pas eu ce privilège. En principe je ne devrais pas réfléchir longtemps, juste me souvenir de là où je me suis sentie ancrée, familière de l'environnement et des caractères. Parfois il me semble que jamais je n'ai été plus à ma place que dans la mythique Galicie orientale qui nous a été racontée par notre mère. Mais comment pourrais-je justifier de vouloir une concession funéraire dans ce pays désormais étranger, menacé par une guerre, confus. L'Ukraine ? Autant demander une inhumation à Madagascar. En tant que ville ukrainienne, Lvov ne m'est pas plus familière que ne l'était Wroclaw à l'époque où j'y habitais. Sans parler de Cracovie, dont Edward est originaire et où il a forcé notre installation en 1981.

Ville si vétilleuse sur la généalogie que, sauf à y avoir pris racine depuis cinq générations, il est inimaginable de s'y sentir chez soi.

À l'époque de nos stages de théâtre en forêt, nous parlions souvent du « corps premier » ou, à l'instar du cerveau, du « corps reptilien » de l'humanité primitive, avec lequel, des siècles sinon des millénaires plus tard, nous aurions la possibilité de communiquer à travers les danses et les chants rituels. Il suffirait de trouver en soi la résonance avec les souvenirs, les instincts, les croyances ataviques. De quelles ambitions sommes-nous nés ? De quels désirs ? De quels espaces ? C'étaient les questions qui nous préoccupaient quand le reste de la nation s'usait à faire des queues devant les magasins où l'on manquait de tout. Tant d'années ont passé dans une relative prospérité, et même dans la franche opulence depuis que Edward s'était reconverti en as du marché libre, pourtant j'ignore toujours ce qu'il faut que je cherche exactement. Une issue de moi-même peut-être ? À supposer qu'il soit nécessaire que je fasse quoi que ce soit au lieu de me recoucher. Mais l'attente que « ça » se passe enfin, car « cela » doit se passer, m'épuise bien davantage que courir les plus folles hypothèses. Avant le rendez-vous au Camelot avec Edward, je ferais bien d'ouvrir au moins un carton de vieilles photos, tiré au hasard de l'étagère du dressing destinée aux chapeaux que je ne porte pas. Au moins je léguerai une image de moi conforme aux attentes : celle d'une femme qui classe les photos de famille avant de choisir sur catalogue son propre cercueil.

*

Quel foutoir ! Une photo de Goldberg avec notre mère. Qui donc en était l'auteur ? « Henrykow, 1955 ». Célèbre en raison de son abbaye cistercienne du XIIe siècle, propriété des Hohenzollern pendant plus d'un siècle, le village d'Henrykow attire les curieux ou les bibliophiles car la chronique qui y est conservée contient la première phrase jamais écrite en polonais. Mais Goldberg et notre mère posent devant un pont en bois au milieu d'une forêt épaisse, chacun un panier en osier plein de cèpes accroché à l'avant-bras. La photo relève du sensationnel étant donné qu'après la guerre il n'y avait plus de Juifs en Pologne. C'est en tout cas ce qu'affirmait notre mère en réponse à Wladek, qui ne cessait de demander si Goldberg était vraiment juif comme on le racontait au village. Lequel des deux essayait-elle de protéger ? Goldberg ou son fils ? Regard dépité, bouche ironique, nez insolemment sémite, Goldberg ressemble à Leonard Cohen, en plus trapu. Heureusement, je ne sais et ne saurai jamais s'il y eut quelque chose entre lui et notre mère. Elle s'est toujours bien gardée de faire la moindre allusion à sa vie sentimentale. Une attitude que j'ai adoptée avec rigueur. La seule obligation de transparence à l'égard de mes propres filles a consisté en une explication franche sur les raisons de leur présence ici-bas. Dire que j'ignore toujours ce qui a poussé notre mère à devenir mère ! Pourquoi avoir voulu que des enfants grandissent dans un monde qu'elle ne supportait pas et dont elle n'attendait rien de bon ? Étions-nous, mon frère et moi, les fruits amers du devoir conjugal ou bien le dernier espoir d'une condamnée à vivre ? Comptait-elle remplir un vide en elle avec notre existence ? Elle était trop lucide pour y croire. Nous n'étions que deux êtres qui la contraignaient à habiter le présent avec sa monotonie, sa laideur, ses limites.

La Pologne des années 50. Diantre... Une blague d'alors disait qu'il y avait un seul communiste en Pologne, mais puisque personne ne savait qui c'était, il fallait se méfier de tout le monde. D'actes de contrition en dénonciations, de serments de fidélité en lettres anonymes, les gens s'isolaient par principe de précaution. Après l'arrestation de notre père, à l'automne 1952, personne ne nous fréquentait plus et nous ne fréquentions plus personne, ce qui n'avait pas eu l'air de contrarier notre mère. Elle aurait dû se méfier de nos voisins quand il en était encore temps. La nuit, notre père s'enfermait au grenier pour écouter Voice of America ou la BBC. Nous n'avons jamais su qui l'avait dénoncé à la milice et ignorions tout de ce qu'il avait subi en prison. Nous avions seulement la certitude qu'il aurait été préférable qu'il y meure, au lieu d'être relâché comme nombre de prisonniers politiques, peu après la mort de Staline. Il n'y a pas de photos de notre père postérieures à sa libération. La dernière est celle qui nous représente tous les quatre en train de préparer des pommes de terre dans la braise, derrière la maison. Courbé, amaigri, notre père semble comme retiré en lui-même, amputé de sa superbe seigneuriale. Assis sur une simple bûche, Wladek et moi sourions, les museaux barbouillés de suie. Notre mère est en retrait, la tête légèrement penchée, les mains derrière le dos, des godillots aux pieds, noués par d'interminables lacets autour de ses fines chevilles. Des personnages de Poussin livrés en pâture à Jean-François Millet. Une tonalité chromatique de terre poussiéreuse ou d'épluchures de pommes de terre, une lumière faible et diffuse, des humains et des bêtes dévitalisés par la mélancolie d'une besogne sans fin, répétée, encore et encore, à chaque saison… Besogne dont notre père se sentait otage, comme si on lui avait ôté le ciel au-dessus de la tête et qu'on l'avait forcée à lutter contre l'élémentaire – la faim, la peur, la solitude – pis, la déréliction.

Il suffit de comparer cette photo avec celle datée de mai 1938. Il y figure avec son propre père. Tous deux en costume clair, canotiers sur la tête, le père avec cravate, le fils sans, pantalons amples, généreusement répandus sur des souliers bicolores, l'un et l'autre debout avec leur canne à pommeau, près du grand miroir de l'écurie à Brzuchowice. C'est là, dans cette banlieue résidentielle du Lvov d'avant-guerre, que notre père avait acheté une villa avec un vaste terrain en partie boisé, sur lequel il avait bâti une écurie et sa « galerie des glaces ». Au-dessus des abreuvoirs, d'immenses miroirs avaient été encastrés dans les murs afin de permettre aux chevaux de se contempler. Notre père considérait de bonne foi que les chevaux ont autant le droit que leurs admirateurs de voir leur propre beauté. Sur une autre photo de l'époque, notre père, en smoking et haut-de-forme, se tient fièrement au côté d'un certain Witold Skrzyczkowski, premier violon de la philharmonie de Lvov, alors qu'une rangée de têtes chevalines les observe avec, dirait-on, une sorte d'attention. « Concert de Pâques à l'écurie, Teo et monsieur Skrzyczkowski », renseigne l'écriture de notre mère, à peine visible car tracée au crayon. Qu'est-il devenu, « monsieur Skrzyczkowski », quand les Soviétiques se sont définitivement emparés de la ville en 1944 ? Par chance, il aurait pu ne pas survivre à la guerre et s'éviter le sort de notre père. Probablement en état de choc, notre père, Teofil Bilikowski, avait abattu ses cinq pur-sang anglais, chacun d'une balle dans la tête, la nuit qui avait précédé la réquisition de tous ses biens, écurie comprise.

« J'ai alors compris qu'un jour il périrait à cause de son affection pour les chevaux. Les bolcheviks auraient pu nous fusiller après ce qu'il a fait, ou nous envoyer au goulag... », nous confia notre mère des années plus tard.

La veille du massacre, notre père avait vu des soldats russes arracher des croix en bois, les briser et les jeter dans le feu sur lequel ils faisaient mijoter leur popote. Notre mère avait compris, sinon excusé, son geste. Comment confier des chevaux de race à des barbares sans foi ni loi ? Quand il l'avait appris, Wladek en avait pleuré jusqu'à l'aube, plus encore qu'il ne pleura après la disparition de notre père à l'égard duquel il éprouvait pourtant une véritable vénération. Peut-être parce que notre père était mort en héros de la cause chevaline. À l'automne 1954, il avait surpris un paysan en train de fouetter sauvagement un cheval attelé à une charrette surchargée de charbon. C'était un pur-sang arabe, sûrement volé aux Allemands ou obtenu après leur départ, inadapté à un tel travail, décharné, puisant dans le reste de ses forces pour tenir sur ses jambes. Pris d'un élan nietzschéen, notre père s'était rué sur le moujik, réussissant à lui arracher son fouet avant que l'autre ne le pousse à terre. En tombant, Teofil Bilikowski s'était ouvert le crâne. Mort sur le coup. Un accident, affirmèrent les témoins. Affaire classée.

Notre mère s'est ossifiée. Au dos des photographies que je tasse dans une enveloppe en papier kraft, elle n'a laissé aucune note, aucun descriptif, elle ne nous en a jamais parlé non plus, elles sont donc restées illisibles, aussi bien pour Wladek que pour moi. Mon frère n'a pas voulu les garder. Je les ai prises avec moi à Wroclaw de crainte qu'il ne les brûle. Ensuite, elles se sont baladées avec moi d'un appartement l'autre, d'une ville l'autre. Au moment de la mort de notre mère, je portais déjà en moi cette humeur anxieuse, propre à ceux qui se sont crus les seuls maîtres de leur avenir, avant de devoir se faire à l'idée que la volonté ne suffit pas à se sortir de la pâte humaine. Sans m'avouer que quelqu'un était fou dans notre lignée, je subodorais qu'une souche contaminée dès son origine, une phrase insensée, délirante, sinon monstrueuse, se promenait dans notre génome. Parmi ces millions d'êtres humains qui avaient résisté tant bien que mal à la machine de guerre, pourquoi semblions-nous avoir souffert davantage que les autres ? N'avions-nous pas trop aimé notre souffrance ? Lequel de ces êtres figurant sur les tirages argentiques en sépia s'étiolait-il avec délice dans la mélancolie ? Un de ces trois bambins alignés sur un sofa, en caftans brodés et petits bonnets de dentelle ? Ou plutôt cette jeune femme serrée dans un corset sous sa robe élaborée, poitrine pigeonnante, les hanches et les fesses projetées en arrière, saisie en profil perdu, silhouette cambrée, un sourire de tristesse sur les lèvres ? Sinon ce jeune homme en pantalon de golf, une casquette en tweed tirée sur le front, notre père âgé de dix-huit ou vingt ans, en dandy de bonne famille, prometteur, quoique affichant encore une nonchalance juvénile, aux alentours de 1930 ? Et si c'était cette femme en maillot de bain une pièce échancré dans le dos, qu'elle porte avec une ceinture blanche, prenant la pose au milieu d'adolescentes à l'allure sportive, saine, affirmée, comme on aimait les demoiselles à l'époque, surtout les élèves du prestigieux lycée de la Reine Jadwiga à Lvov, l'avenir de la nation ? Ou bien encore notre tante maternelle, Ella Tressler, qui ressemble de manière troublante à sa sœur cadette, mais incarne un tabou absolu au sein des nôtres ? Ne fallait-il pas être aliénée pour réclamer sa carte de *Volksdeutsche*, en extirpant des boyaux de la famille toutes les preuves nécessaires de l'ascendance germanique, si lente à se désagréger dans une polonité fragile, acquise à coups de mariages mixtes, autant dire de mésalliances, de renoncements, d'apprentissages ? Ah, il aurait été commode que ce soit elle, la toquée. Notre mère avait rompu tout contact avec elle, « la traîtresse ». Sauf que cela n'explique pas le comportement de notre père vis-à-vis de ses chevaux ni l'attitude de mon frère devant le cadavre de notre mère. La Walkyrie notre tante n'avait-elle pas été, au contraire, la plus rationnelle de la lignée, choisissant ce qui semblait être le camp des vainqueurs en 1940, et qui l'était resté malgré la défaite de 1945, si on le compare à la situation polonaise d'après-guerre ? Une économie florissante, un État de droit, une presse libre, une culture riche et une contre-culture turbulente, n'avions-nous pas détesté cette Allemagne davantage pour sa réussite que pour son passé nazi ? Sincèrement… Qu'avions-nous gagné à être héroïques ? L'expression, « saoul comme un Polonais » ? Souffrir les martyres de la misère et du marxisme-léninisme en toute sobriété était au-delà de nos forces. Et puis, aller travailler au noir dans les champs d'asperges en Bavière, comme beaucoup de mes collègues l'avaient fait plus tard, ne relevait-il pas d'une trahison nettement plus honteuse que d'opter en faveur de *Heim ins Reich* à l'ère du triomphe du principe racial? Notre tante Ella, contrairement à son père Jakub Tressler, dont il n'existe qu'une photographie en petit format et en très mauvais état, datant probablement des années 1900 ou 1910 à en juger à sa tenue, ne s'était probablement pas si bien assimilée. L'orthographe de leurs prénoms le confirmait. Pendant la guerre, Ela avait ajouté un « l » à son nom de baptême. Sur le document de la Croix-Rouge qui nous était parvenu après la victoire soviétique pour nous informer qu'elle vivait en Allemagne de l'Ouest, elle s'appelait « Ella ». Jakub, au contraire, avait troqué le « o » de l'original « Jakob » contre un « u » encore dans les années 20, faisant ainsi un pas de plus sur la voie de la polonisation. Était-il le premier de la lignée? Je l'ignore. Son propre père, notre arrière-grand-père, se prénommait Roman, que l'on écrit de la même façon en polonais et en allemand. Quelle aberration de vouloir s'y retrouver, remonter aux origines… Que diable! J'aime l'appellation Mitteleuropa. Je m'y sens bien plus chez moi que dans l'Union européenne. Et qu'on ne m'explique pas, au nom de je ne sais quelle probité historique qui sent l'esprit de vengeance, le caractère idéologique de cette expression, compromise par son étymologie germanique et davantage encore par ce qu'elle reflète de l'impérialisme allemand. Tout cela me donne faim. Et puisque l'occasion s'y prête, je prendrai une tranche de pumpernickel avec une cuillère de fromage blanc.

*

Un peu fade ce fromage, sauf si mon goût s'est encore altéré avec les médicaments. La main me chatouille, tellement j'ai envie d'appeler Wladek et avoir enfin une franche discussion avec lui. Si je ne le fais pas maintenant, je ne le ferai plus. Qu'avait-il cherché à obtenir, mon frère ? S'octroyer la position de chef de famille par la pratique d'une sorcellerie intuitive ? J'ai passé la moitié de ma vie à tenter d'interpréter son acte, auquel lui-même n'a pas su donner d'explication. Il devait le faire, me disait-il confus, lorsque j'essayais d'aborder le sujet. À la fin, je m'en tiens à une exégèse peu subtile, vers laquelle m'a conduite l'ensemble des faits canoniques répertoriés tout au long de notre histoire familiale et qui se résument au constat de l'apparition, à chaque génération, d'une folie sacrilège. J'aurais préféré que notre père tue des bolcheviks plutôt que ses chevaux de course. J'aurais dormi tranquillement si Wladek avait volé, incendié, tabassé, au lieu de malmener la dépouille de notre mère. J'aurais été moins hantée par celle-ci, si elle n'avait pas porté le chapeau de notre père, récupéré après sa mort, pour aller chaque matin trier les betteraves à la sucrerie. Et j'aurais tant voulu que Gabriela échappe à la perverse déviation des nôtres, en se contentant d'être une banale maniaco-dépressive. Mais je crains qu'elle ne finisse un jour par franchir la ligne de démarcation entre ce qui relève encore d'une forme modérée de déraison et ce qui s'apparente déjà à un cas psychiatrique. Du reste, je ne serai plus de ce monde pour le voir, ce qui me soulagerait complètement à condition d'avoir la certitude que je ne serai dans aucun autre.

*

Et soudain, paf! Je tombe. Je chute. Je m'écroule. La masse du ciel sombre, dégoulinante de pluie se détache lentement de la surface de la terre et l'horizon m'aspire vers le néant incolore, informe, insondable. Ce n'est pas désagréable. Plutôt déconcertant. Un halo de poussière dorée, tel le fond d'une bouteille de vodka Goldwasser où virevoltent des pépites de 23 carats, apparaît à l'intérieur de mes globes oculaires. Alors? Il faut croire que le moment est venu plus tôt que prévu. Apparemment, c'est maintenant que « ça » se passe. La membrane de ma cornée quadrille la vision sous les paupières que je voudrais garder ouvertes, alors que la chaleur concentrée dans une main secrète les ferme tout doucement. Merveilleux. Mon sang pulse à un rythme à peine audible, paresseux. Bientôt il s'arrêtera de circuler, mais probablement rien ne sera fini. La conscience d'avoir vécu ce même instant de ma mort de multiples fois s'empare de tout mon corps, lequel s'est auparavant accompli dans de nombreuses vies. L'énergie psychique en pleine transformation. Peut-être en pleine hésitation? Revenir? S'attarder dans l'entre-deux? À distance égale entre la relativité infinie de ce que l'on nomme le « réel » et la rassurante solidité de l'« irréel », un domaine rempli d'abstractions, de vagues souvenirs de dieux bons ou mauvais, de la puissance des talismans, de la sagesse des mandalas, du pouvoir secourable des mantras. La divinité supposée de la matière... Mais comment prendre en considération la sainteté de la terre quand on porte des chaussures ? Le Boss avait raison. Le corps entier devrait sentir le miracle de l'univers, à commencer par la plante des pieds nus, libérés de l'isolement des semelles. Quelle fatale et aberrante conception du confort pourrait justifier de se protéger de la terre qui engendre les dieux et nous autres, les êtres humains ?

Le réveil ? L'éveil ? Point d'illumination, en tout cas. Juste un éclaircissement bienvenu. *Ecce !* Le gros chat, d'ordinaire roux mais à cet instant précis au pelage comme saupoudré de sequins, grimpe sur mon ventre.

« Où étais-tu passé, Mushika ? Et qu'as-tu à me dévisager de la sorte... ? »

Échappée de justesse à ma propre mort, je cause à mon chat et tente de me remettre à quatre pattes. Les chats ont ceci d'agaçant que parfois ils vous dévisagent comme s'ils connaissaient mieux votre vie que vous-même.

« N'insiste pas, Mushika... Je n'ai pas de force pour me relever. Et puis, suis-je vraiment en train de te parler ? On dirait que oui. Je vais tenter de m'agripper à la chaise... Combien de temps suis-je restée entre les deux ? Une minute ? Une heure ? Inutile de chercher à le préciser. Il faut savoir apprécier d'exister dans le présent. »

Et voilà ! Sur mes deux jambes, je me sens comme au sommet de l'Himalaya. Une sensation vertigineuse.

« Mushika, allons nous allonger là-haut. Ensuite je remettrai les photos dans les cartons. Je n'ai plus envie de les regarder. »

Mon chat tourne la tête vers moi et, je serais prête à le parier, se moque. Canaille ! Sauf qu'il a raison. Comment considérer, sinon, ce gaspillage d'énergie à patauger dans de sombres histoires que je ne démêlerai pas ? La famille – la mienne, toutes les familles – c'est toujours, et quoi qu'on en dise, de la glu sentimentale. Un attrape-mouches dont j'aimerais m'éloigner à la fin. Ils m'ont tous fatiguée, tous ! avec leurs extravagances, leurs successibilités, leurs chic névroses et leurs lâches nostalgies. Que c'est plaisant d'être dingue quand on peut compter sur la solidité nerveuse de son entourage. Et dire que je m'efforçais d'agir de manière raisonnable, sensée, convenue, par crainte que le gène honteux de la folie familiale ne se libère en moi. Mais en réalité, la seule folle dans cette famille c'est moi ! Car il relève du dédoublement de la personnalité que de réprimer à ce point ses propres appétits, désirs, élans. À chaque fois que j'accomplissais avec exemplarité ce qu'on attendait de moi, une tête d'épingle pénétrait ma chair à la hauteur de la dernière vertèbre cervicale. Eh bien, je ne le ferai plus ! Même si, pour être claire avec moi-même, j'aimais m'autoflatter de mon dévouement, de mon abnégation discrète mais constante.

Reste que les seuls moments de mon existence qui m'ont permis d'oublier la tête d'épingle, je les ai passés auprès de Ludwik.

« Que ton corps tout entier engendre un son, pas juste ta bouche, pas ta langue, pas ta glotte. Non ! Ton corps. Que tes mains émettent une voix ! Et tes jambes, et ton ventre, et ton dos ! Les Japonais disent que le centre énergétique de l'homme se trouve à peu près deux doigts sous le nombril. Là. Tu comprends ? Alors... Tiens ton bassin prêt ! C'est de là que part l'impulsion. Et relâche ta colonne vertébrale. Elle ne peut pas être rigide, Wanda. Tu te portes comme si tu avais avalé un balai. Détends-toi. Oui, c'est bien... Encore. Lâche, je te dis... On n'est pas à la fac de médecine, ici. Tu es un roseau qui ploie sous le vent, Wanda... Ne te braque pas. Un roseau ne risque pas de se casser, il plie... Regarde-moi. Je marche décontracté. Et maintenant à toi... Marche. Trouve ton tempo... Et cherche le son en toi, sans te forcer. Cela doit partir seul... Marche. »

Rondelet à l'époque, au début de ce que je n'appellerais pas une « collaboration » mais une complicité, Ludwik m'a suivie sans répit dans mes balbutiements. Je me souviens de ce premier jour de nos « actions », selon le jargon utilisé par Le Boss, lorsque, à peine « recrutés » par le saint concile du Théâtre Laboratoire, nous nous sommes retrouvés dans la salle numéro deux. Transféré d'Opole à Wroclaw, le Théâtre des Treize Rangs avait changé de nom, censé alors exprimer plus fidèlement l'évolution de la troupe. J'aimerais tant remettre la main sur la lettre de motivation que j'ai envoyée à la direction du Théâtre Laboratoire pour participer au premier stage organisé. Même si je me souviens bien de l'entretien.

Installé à l'extrémité d'une table en bois, à droite du Boss, Ludwik a commencé à me questionner sur les sujets les plus divers, essayant de dissimuler maladroitement sa surprise de me voir.

« Êtes-vous croyante ?

— Ce n'est pas la religion qui m'attire, c'est le fait religieux. »

Le Boss s'est saisi de mon dossier et, contrairement à Ludwik, n'a pas caché ses impressions. Je ne l'intéressais pas. Il m'a posé la question susceptible de conclure notre entretien dans un registre poli et insipide, c'est elle qui a pourtant décidé de mon avenir au sein de la troupe.

« Quel est votre atout ? Que pourriez-vous apporter à notre travail et aux autres participants, si vous êtes acceptée ?

— Je n'ai rien à apporter, pas de talent particulier… sinon le don de communiquer en silence. »

Comme réveillé d'une semi-léthargie, Le Boss s'est redressé sur sa chaise.

« Comment expliquez-vous cela ?

— Je travaille avec des enfants. Bientôt je terminerai mes études de médecine et deviendrai pédiatre. Souvent, les mots manquent aux enfants malades. Alors il faut savoir inventer un autre langage, si on veut les soigner. Du coup, vous vous apercevez que les trois quarts du dictionnaire ne servent à rien. Les mots sont trop abstraits. Que signifie le mot "mort" ? Ou le mot "mal" ? Ou le mot "chance" ? Ou le mot "courage" ? Vous êtes obligé de les remplacer par une certaine qualité de silence qui permet d'entrer en dialogue… S'attarder en silence à côté d'un lit. Juste être là.

— Vous vivez seule ? a continué Le Boss.

— Je n'en ai pas les moyens.

— Et savez-vous ce qui est fondamental ?

— Le silence. »

Une semaine plus tard, j'ai reçu le télégramme m'informant de la date et du lieu où je devais me présenter, munie d'un maillot de corps et de chaussures confortables.

*

Coup de téléphone d'Edward. Je l'avais prévu. Je me garde de lui parler de mon malaise.

« Es-tu sûre que tout va bien, ma jolie ? Tu as une voix étrange… Maria nous a réservé une table pour vingt heures. Je t'enverrai une voiture. Couvre-toi bien, il fait froid. Baisers. »

Il fait froid, dit-il. C'est à croire que nous vivons encore en connexion avec la nature, alors qu'en réalité il nous faudrait interroger les morts pour avoir une vague idée de ce que peut être la « présence des éléments ». Encore que. Il y a eu cette terrible inondation de Wroclaw en 1997.

Sous son apparente solidité prussienne, Wroclaw dissimule une fragilité fondamentale, due à son emplacement dans une plaine, certes fertile, car nourrie par le fleuve et ses nombreux affluents, mais de ce fait même exposée au caprice des eaux. À l'époque où nous y habitions, il y planait une atmosphère particulière. En ruine, longtemps encore après la fin de la guerre, Wroclaw répondait assez bien à cette idée de Baudelaire selon laquelle le Nord « souffrant et inquiet » demeure toujours plus propice au travail de l'imagination, que le Midi « brutal et positif ». À Wroclaw, les brouillards se prenaient dans les filets des ruelles de la Vieille Ville où les rayons de la lumière naturelle ne pénètrent jamais. Autrefois, les spectres aimaient s'y attarder. Les passages, à peine dégagés des décombres, menaient vers les portes cochères en trompe l'œil d'immeubles démolis par les bombes soviétiques d'où sortaient d'anciens habitants, tous morts, mais pas forcément enterrés. Wroclaw est une ville de migrants, de réfugiés, de dépossédés et de grandes figures du lumpenprolétariat, qui ont bâti un royaume somptueux dans le quartier appelé « le triangle des Bermudes », en raison du nombre de disparitions non élucidées qui s'y sont produites. Une ville de saints aussi, à commencer par la sainte Thérèse-Bénédicte de la Croix, de son vrai nom Edith Stein, sans oublier Joseph Lenzel, un prêtre allemand assassiné par les nazis à Dachau pour avoir défendu les travailleurs forcés polonais. Adam en réclamait la béatification chaque fois qu'il était schlass et menaçait d'écrire à ce sujet au Vatican, ce qu'il n'a toujours pas fait à ce jour. Il semble toutefois déterminé à continuer à fêter l'anniversaire du bon vieux Dr Alzheimer, membre de la société d'hygiène raciale allemande, nommé en 1912 professeur en psychiatrie à l'Université de Wroclaw où mon ami a poursuivi ses études. Selon Adam, Aloïs Alzheimer mérite un musée dans cette ville envahie par l'eau, élément supposé assurer la transmission et la communication – deux facultés fortement altérées par le développement de la maladie d'Alzheimer. L'eau aurait pour mission de rappeler à tous les habitants de Wroclaw, anciens comme nouveaux, l'importance de la mémoire. Je trouvais le raisonnement d'Adam biscornu, tout en entrevoyant un rapport obscur entre l'eau, son omniprésence à Wroclaw, et sa mémoire à laquelle nous avons soustrait certains éléments constitutifs de notre identité. Le passé allemand de la ville, effacé pendant des années, faisait de nous, les Polonais de la Galicie orientale venus peupler les territoires récupérés, des sujets amnésiques, parfaitement qualifiés pour être traités par le Dr Alzheimer.

En outre, nous nous sommes montrés incapables de nous protéger des inondations. À Lvov, nos paysages organiques, incrustés dans notre chair, s'étalent à une altitude moyenne de trois cents mètres au-dessus du niveau de la mer. Si Wroclaw est composée d'îles et de ponts, Lvov l'est de collines. En vérité, je n'ai jamais aimé l'eau. Le seul avantage de notre déménagement à Cracovie ? M'avoir dispensée de marcher le long de canaux. Seulement, j'habite une ville à laquelle je ne suis pas particulièrement liée, et qui n'essaie pas de m'attacher à elle. Qu'il y fasse froid ou chaud m'indiffère. Le seul moment où je me suis sentie en phase avec Cracovie remonte à l'époque de ma relation avec Konrad. Tellement en phase que je me promenais avec des talons de neuf centimètres sur le pavé avec la grâce d'une ballerine. Mais ce soir, je ne mettrai pas de chaussures. Le moment est venu de me reconnecter à l'Univers, à mon « essence ». Sans exclure qu'il ne s'agisse de la même chose. En tous les cas, les incidents de ces derniers jours ne se produisent pas par hasard, car le hasard est un concept à destination des peureux. Je repense au Boss et à Ludwik depuis quelque temps, certes, mais pas avec la même intensité ni avec la même espérance que depuis que l'on m'a annoncé la peine capitale. Pas plus que je ne reviens chaque nuit à la maison de mes parents à cause de l'effet secondaire de mes médicaments. La morphine ne saurait tout expliquer.

*

Le chauffeur d'Edward me dévisage dans le rétroviseur comme s'il conduisait le dalaï lama. La femme du patron sans chaussures au mois de mars, ça le dépasse au point qu'il manque percuter un camion-poubelle, au croisement de la rue Dunajewskiego et la rue Karmelicka.

Il s'excuse platement, demande à plusieurs reprises si je vais bien. Quel ballot, celui-là.

Voilà que mes pieds prennent de la couleur. D'un blanc jaunâtre depuis le déclenchement de ma maladie, ils virent violet presque pourpre au contact du sol enneigé. Il sera agréable d'entrer dans le restaurant et de sentir le vieux plancher. Encore une cinquantaine de mètres. Je compte mes pas comme je les comptais quand je venais y rejoindre Konrad, ce qui n'était pas prudent à une telle proximité du Collegium Medicum. N'importe qui aurait pu nous voir, un autre étudiant, un enseignant, une connaissance de l'un ou de l'autre. Je m'en fichais. Konrad se distinguait par son caractère incorruptible et par sa noblesse de cœur, il m'avait alors paru ridicule de craindre un scandale dont il aurait été la cause. Notre relation avait fait courir quelques rumeurs sans véritablement éclater au grand jour. Je frissonnais au plaisir d'être l'objet de soupçons. Konrad s'en moquait, bien que sa mère ait commencé à se douter de quelque chose. Bâti comme un panzer, le visage carré, aux traits réguliers et à la fierté juvénile qui trahissait sa susceptibilité, il m'émouvait. Rien de plus, rien de moins. Je m'efforçais de le considérer avec légèreté. Il en a souffert, mais certainement moins que s'il avait su la vitalité de sa présence dans ma vie. Dehors, alors que nous tardions à quitter le lit, des femmes défilaient sous ses fenêtres pour réclamer des garanties constitutionnelles sur l'égalité des sexes. Autant exiger la suppression par la loi des peines d'amour, avais-je dit alors. Konrad m'avait sonnée avec sa réaction.

« Au fond, vous méprisez ces femmes, parce que vous pensez vous être affranchie de leurs faiblesses, en vous conduisant en homme. Quelle aporie… Vous affirmez votre liberté en vous conformant à une image de la virilité que vous vous êtes forgée. Et, au final, vous prouvez seulement qu'il est impossible de vivre librement en tant que femme.

— L'égalité, ça se prend, ça se vit, ça ne se décrète pas, jeune homme. »

Il en a ri, parce qu'il riait toujours quand je le qualifiais de « jeune homme ».

Dans les intervalles entre disputes, discussions et ébats charnels, nous descendions au Camelot nous empiffrer de petits pains chauds qu'il prenait au saumon alors que je les préférais aux cèpes. Puis, un jour, il est arrivé ce qui devait arriver. J'y ai croisé une connaissance de l'Académie, une assistante de la faculté, pleine d'une ironie hargneuse. Elle avait surgi des profondeurs de la salle ouverte sur un jardin intérieur, accompagnée d'une femme que je n'avais jamais vue.

« Vous ne me présentez pas votre fils, chère Wanda ?

— Ce serait avec plaisir, chère Renata, si j'en avais un. À défaut, je vous présente notre étudiant le plus prometteur, Konrad Warski.

— Ah, veuillez m'excuser. Il ressemble tellement à votre mari que je croyais... »

Konrad n'a pas réagi sur-le-champ. Nous sommes remontés chez lui, un deux-pièces hérité de sa grand-tante, où l'odeur ventilée de la lavande, mêlée à celle du bois de cèdre, était restée incrustée dans le moindre bout de tissu. Il s'est assis sur le rebord du lit défait et m'a demandé de me rapprocher de lui. Avant que j'aie eu le temps de mesurer sa colère, il m'a mordu la lèvre jusqu'au sang.

« Est-ce bien vrai ? Je ressemble à ton mari ? »

Le soudain basculement du vouvoiement, auquel il tenait, vers un tutoiement censé me domestiquer, aurait pu sonner la fin de notre relation. J'ai décidé du contraire, mais sur le mode désormais imposé par Konrad – celui d'une animation violente et transgressive. Nous en avons exploré toutes les voies possibles durant les mois suivants, nous débattant dans l'opprobre de nos désirs inavouables, que nous nous empressions cependant d'assouvir. Il y allait de notre immortalité. Du moins, c'était la façon dont Konrad voyait les choses du haut de ses vingt-quatre printemps :

« Nous nous quitterons quand ces murs sentiront le foutre et non plus la lavande. Au moins il y restera une trace pour la postérité.

— Est-ce important, ce qu'il en restera ? »

La tête enfouie sous ma robe, il s'était abstenu de faire un commentaire. Mais quand je marche à présent avec précaution sur le pavé glacial de la rue Saint-Marc, celle où se trouvait son appartement, je relève, non sans un léger ravissement, que l'odeur du foutre y plane toujours. À l'angle, Edward m'attend au Camelot, sage et fidèle comme nous le devenons tous à l'approche de la mort.

*

Il y a des dames dans un coin, près de l'antique poêle à bois. Incisives, sèches et parées, elles remarquent mes pieds nus et tombent en arrêt. Un à zéro, en ma faveur. Si je ne portais pas un manteau en zibeline, elles auraient déjà demandé qu'un employé me reconduise à la porte. La fourrure les consterne. L'aurais-je volée ? Elles ruminent. L'acte suivant de la comédie se joue à table, avec Edward en protagoniste de premier plan.

« Ma jolie, tu as oublié tes chaussures... », dit-il en se levant pour prendre mon manteau.

Il ne se formalise pas, mon Edward. Si parfois je me demande ce qui a bien pu me retenir auprès de cet homme, des instants comme celui-ci me le rappellent.

« Auriez-vous la gentillesse de nous apporter une serviette, s'il vous plaît », lance-t-il à la serveuse avant de me recommander une poêlée de fruits de mer.

« Je préfère les pirojki aux champignons. Et bien sûr, un peu de vin... »

Edward me sert un verre d'Egri Bikavér et prend mes mains pour les réchauffer. Il a des ongles soignés, les doigts effilés, parsemés de petites touffes de poils argentés. Ses gestes sont apaisants.

« Maintenant nous allons jouer au petit Jésus… », déclare-t-il sur un ton un rien amusé avant de disparaître sous la table avec la serviette apportée par la serveuse. Je le sens m'essuyer délicatement les pieds. Nous sommes observés, scrutés même, ce dont j'essaie de ne pas tenir compte, sirotant mon vin à petites gorgées. Émergeant de sous la table, le visage un peu rouge, Edward souffle, inquiet :

« Je te mettrai mes chaussettes.

— En aucun cas ! J'ai un cancer, pas un Alzheimer. Si je suis venue sans chaussures, c'est que je l'ai décidé. »

Edward passe la commande. Mais à peine la serveuse s'est-elle éclipsée, qu'il enlève ses chaussures, puis ses chaussettes, qu'il roule en boule comme un bon vieux scout.

« Demain sans craintes ! lance-t-il.

— Pardon ?

— C'est le slogan de l'Alliance de la gauche démocratique pour la campagne européenne. Franchement… *Demain sans craintes…* Je suis par ailleurs certain d'avoir déjà entendu ça quelque part et je ne serais pas étonné d'apprendre que c'est un vieux slogan de la droite. Bon sang, ça ne te fait pas penser à la publicité d'une maison de retraite ou d'un assureur funéraire ?

— *Vivez demain sans craintes* ? Je dirais plutôt un truc de voyantes ou d'horoscopistes…

— En tout cas, on peut en rêver mais ça ne marchera pas comme les petites affaires des tireuses de cartes. La droite va l'emporter. Ils ont trouvé la formule magique : *Servir la Pologne, écouter les Polonais !*

— En effet, par les temps qui courent, ça doit plaire. Il paraît que les Russes nous menacent d'une bombe nucléaire, les réfugiés ukrainiens nous envahissent en douce, les Européens s'en fichent comme en 1939, alors oui, avec votre "*Demain sans craintes*" vous êtes à côté de la plaque. Que comptes-tu faire, mon cher ? Abandonner le navire ?

— Définitivement ! Je ne me représente pas. Voilà la surprise que je t'ai réservée. Ce qui me permettra d'être beaucoup plus souvent à la maison et j'en ai très envie. Nous pourrions aussi envisager un voyage. Que dirais-tu de partir sur une de ces îles à la con dans le Pacifique, comme tous les vieux qui en ont les moyens ? Sans chaussures, nous y serions bien…

— Merveilleusement bien… »

Il ne manquait plus que cela ! L'idée me fige, mais comment l'éloigner d'Edward ? Pourtant, je n'ai aucune intention d'aller patauger dans un lagon corallien. Le tourisme m'insupporte, même de luxe. Et si je m'étais passée de grands voyages jusqu'à présent, je ne vois pas au nom de quoi je commencerais aujourd'hui. Je me garde toutefois de désillusionner Edward, le laissant s'émerveiller devant l'assiette de charcuterie qu'il a prise en entrée.

*

Edward est un homme qui ne s'est jamais battu. Pourtant, quand je le vois chaque matin s'acharner contre sa tranche de bacon collée à la poêle, je suis forcée de constater que, s'il le voulait, il pourrait éradiquer à lui tout seul les nationalistes russes, ukrainiens et, tant qu'à faire, libérer la Crimée. Sans doute croit-il que d'autres s'en chargeront, pendant qu'il est occupé à remplir des tâches autrement plus importantes. C'est l'héroïsme des gens ordinaires, dont Edward a fait la preuve insigne en s'investissant corps et âme dans la culture industrielle de champignons de Paris, au moment où les chars soviétiques stationnaient à la frontière du pays et où les ouvriers des chantiers navals de Gdansk se dépensaient à combattre le régime oppresseur. Lors de notre violente dispute en août 1980, alors que devant les événements de la côte de la Baltique toutes les liaisons téléphoniques étaient coupées, il a tenu un propos qui nous a valu des semaines de silence :

« Wanda, cela ne vaut pas un kopek ! La grande supercherie de Solidarnosc, qui essaie de nous faire avaler l'histoire d'un combat pour le droit de grève, la liberté des médias, la libération des prisonniers politiques… Ce qu'ils réclament en vérité, ce sont deux mille zlotys par tête d'augmentation de salaire ! Il aurait suffi d'approvisionner les boucheries-charcuteries en filets mignons à un prix abordable pour qu'ils rentrent chez eux sans se soucier du sort des prisonniers politiques. »

Selon moi, les visées de Solidarnosc s'élevaient, à ce moment précis, loin au-dessus des étals des boucheries-charcuteries. Les conducteurs des tramways de Gdansk s'étaient arrêtés de travailler en soutien au personnel des services de santé publique – infirmières, urgentistes, médecins, dont je faisais alors partie – déshonorés par les conditions dans lesquelles ils exerçaient leur métier. Enceinte de Marta, et avec Gabriela sur les bras, je revendiquais moi aussi les samedis libres, tout comme le congé maternité payé de trois ans. Edward en hurlait de rire :

« Alors ça, c'est sûrement la femme de Walesa qui en a eu l'idée, vu qu'ils n'arrêtent pas de se reproduire ! À cette cadence, elle pourra rester en congé maternité jusqu'à la retraite ! »

D'après Edward, le salut ne pouvait venir que de la champignonnière. Délaissant le journalisme, il l'avait agrandie juste avant l'instauration de la loi martiale et aussitôt vendue à un avocat de Katowice, ce qui lui avait permis d'acquérir un élevage de poulets en batterie. Plus rentables que les champignons, les poulets d'Edward l'avaient fixé sur la nature post-idéologique du socialisme réel, sur lequel il était tombé en lisant Kolakowski, alors exilé à Oxford depuis plus d'une décennie. Sans reconnaître sa contribution effective au démantèlement du communisme, Edward avait néanmoins admis le rôle décisif joué par les pionniers de l'initiative privée.

« Il fallait faire ce qu'il était possible de faire, mettant de côté l'arithmétique aussi bien que la chiromancie.

Chacun prenait des risques. Tes copains de Solidarnosc, en spéculant sur une démocratie anticipative ou sur je ne sais quel modèle chinois de développement, faisaient ce qu'ils estimaient juste. Moi et mes copains, qui avons mis nos deniers dans des affaires également plus ou moins sûres… Oui ! Nous avons eu le tort de ne pas avoir passé dix ans en taule eu égard aux risques que nous prenions ! Mais vois-tu, Wanda, j'ai l'impression que tes copains ont eu tout faux, eux aussi. Quoi qu'on dise, ils ont passé les meilleures années de leur vie emprisonnés pour que, au final, tout le monde se retrouve le bec dans la fosse septique du capitalisme sauvage. Nous au moins, avons eu l'intelligence de profiter de notre jeunesse ! »

Elle est curieuse, cette aptitude d'Edward à perdre tout intérêt pour une idée à laquelle il semblait croire fermement. D'un coup, il n'y pense plus, ne s'y réfère plus. De la même manière qu'il a cessé de soutenir l'aile libérale du Parti, composé majoritairement de gens qui sont ensuite passés dans l'opposition et ont formé le Comité de défense des ouvriers, il se détourne à présent de sa foi européaniste en faveur de je ne sais quoi, car, le connaissant, je doute qu'il se contentera d'une retraite oisive. À mon sens, il aimerait pouponner ses petits-enfants, s'il en avait, ce qui lui donnerait l'impression de se racheter après avoir manqué l'enfance de nos propres filles à cause de sa carrière. Certainement esquisse-t-il déjà un autre projet qu'il mettra en œuvre une fois libéré de ses obligations parlementaires. Comment peut-il ne pas savoir qu'il paraîtra d'un opportunisme dévergondé ? À moins qu'il en soit conscient et que l'opinion des autres ne lui importe guère. En ce cas, je n'aurai aucune chance de le convaincre de se porter à nouveau candidat. Or, avec Edward dans les parages, je me sens toujours obligée de paraître mieux que je ne suis en réalité pour lui épargner une surcharge de tristesse et d'effroi. Bientôt je n'en aurai plus la force et il entreverra sa propre mort à travers la mienne. Un non-sens cruel car Edward a mené une vie qui devrait s'arrêter d'un coup sec, sans qu'il ait le temps de connaître la dégueulasserie d'une lente déchéance. Il n'a donc aucun intérêt à regarder la mienne. Je me dois de le persuader des dommages que sa décision fera à la réputation de son parti.

« Ma jolie, à quoi penses-tu ? Tes pirojki vont refroidir...

— Edward, n'as-tu pas peur qu'en abandonnant le combat, tu mettes tes collègues dans l'embarras ? Votre navire à la dérive a plus besoin que jamais de la loyauté de son équipage. Que dira-t-on à l'annonce de ton retrait de la vie politique ?

— Je me fiche du qu'en-dira-t-on... Ce qui ne m'a pas empêché de réfléchir à la question, comme tu dis. Je ferai connaître, par le biais d'un communiqué officiel, mon intention de laisser la place aux jeunes, en m'investissant dans l'humanitaire pour être au plus près des démunis, bla bla bla... Ensuite, je trouverai une cause à défendre sous les auspices d'une association à laquelle je ferai une donation et le tour sera joué. »

Il aurait donc tout prévu, tout calculé. Du pouce et de l'index j'attrape un des raviolis et le porte à ma bouche, étonnée de sa texture, tiède, moelleuse et légèrement grasse, comparable à la chair d'un mollusque. Le contact de mes doigts avec mes lèvres me surprend par son aspect régressif. J'ai l'impression de téter le sein maternel. Pourtant, je vide mon assiette avec mes doigts, convaincue que les ustensiles de table nous ont coupés du sens fondamental du toucher. Un aliment que l'on touche a un goût différent. J'invite du regard Edward, embesogné à couper ses côtes de porc marinées au miel, à goûter mes pirojki. Il veut s'y attaquer à la fourchette mais je réussis à devancer son mouvement pour qu'il emploie ses doigts. Intrigué, il s'excuse d'un hochement de tête et s'en va, pieds nus, se laver les mains. Les bons réflexes hygiénistes inculqués à la maison ne l'ont jamais quitté : d'accord pour manger avec ses doigts, mais à condition qu'ils soient propres.

J'ai chaud, trop chaud. Mes joues brûlent. J'ai probablement abusé de ce vin hongrois, si fort que je sens sa puissance enivrer mes pieds, les pieds seuls, qui s'animent sous la table, indépendamment de ma volonté, comme branchés à un circuit électrique défaillant, tantôt sous-alimenté, tantôt en surtension.

Un jour, après son retour de l'Inde, lorsque le théâtre lui avait paru être un jouet futile, Le Boss m'avait dit une chose intéressante :

« Il n'y a aucun sens à chercher quelque chose d'absolu. Il faut commencer par ses propres besoins, envies, tentations… Qu'est-ce que je veux au fond de moi ? Et puis, s'engager sur cette voie, sans savoir vers où elle mènera. Peu importe que cela n'ait pas d'objectif précis. »

À la même époque, il avait proféré une autre sentence qui m'est restée : « D'un point de vue purement objectif, l'élément décisif dans le processus créateur est le résultat. Dans ce sens, l'art est amoral. » Reste à savoir ce qu'est « le résultat » d'une vie. Pourquoi ne lui ai-je pas posé la question ? À moins qu'il ne faille me la poser, ici et maintenant. Quel est donc le résultat ? Le résultat de ma vie. Et s'il ne m'appartenait pas de l'établir ? S'il me fallait seulement le déterminer en mesurant le laps de temps durant lequel mon ombre sera perceptible aux vivants, alors que le corps que j'habite sera décomposé ?

*

Par moments j'éprouve physiquement mon impuissance, étonnée d'assister à ma désagrégation. Je mène un interminable dialogue intérieur, je déguste les pirojki aux champignons, j'observe les convives de ce petit restaurant que j'aime tant et où les choses semblent mieux résister aux changements qu'ailleurs, sinon je suis à l'écoute de mes os. Prévenue du risque qu'ils se brisent rongés par la nécrose, je suis à l'affût, ce qui me rend un peu raide. Voyant Edward s'approcher de la table, je me garde de lever la tête de peur que mes vertèbres du rachis ne se fissurent d'un coup et que ma tête ne tombe de tout son poids. En poursuivant maladroitement un ravioli dans mon assiette, Edward tente de plaisanter :

« Tu m'incites à passer pour un original.

— Tu t'y prends mal ! Regarde… »

Tandis que Edward s'essuie les doigts, je glisse un ravioli dans sa bouche entrouverte. Il pouffe de rire, manque de s'étouffer, recrache les morceaux dans la serviette. Ensuite, il empoigne sa côte de porc et en arrache un bon bout, avant de le mastiquer lentement. Une ballade de Krzysztof Komeda, diffusée par les haut-parleurs, l'une de mes préférées, noie nos rires sous une pluie de sons ronds, d'accords voluptueux, de doubles croches jouées en un swing alangui. Aussitôt ces dernières décennies me paraissent tout à la fois agréables, faciles, significatives, denses. L'important, c'est que nous ne ressemblions en rien à nos propres parents, Edward et moi. Nous avons su passer outre à leur amertume, relativiser la gravité de nos destins, faire le choix d'une légèreté « malgré tout », d'une « néanmoins » désinvolture, donner des prénoms loufoques à nos animaux domestiques et laisser nos enfants grandir sans règles trop strictes. Au lieu de faire de la prison, Edward a préféré user de son influence pour garder ouvert un club de jazz rue Florianska.

J'aurais pu devenir membre de Solidarnosc. Mais j'étais convaincue que, dans l'intérêt de tous, il valait mieux faire l'amour que la grève. Des villes où les couples ne s'embrassent pas, ne s'étreignent pas sur les bancs publics, ne communiquent pas par le langage codé des regards, n'ont aucun potentiel séditieux. Et voilà que notre recette peu orthodoxe a esquissé une vieillesse sereine.

« Tu as raison… manger avec les doigts, c'est bien meilleur ! Et si on allait s'envoyer une petite vodka au Singer ? Tu en dis quoi, ma jolie…

— Le bar malfamé près du cimetière juif ? Là où allait Gabriela ? Je crois que c'est interdit aux plus de trente ans.

— Tu fais à peine trente ans. Et moi, j'ai pris ma carte d'étudiant. Allez ! J'ai envie de m'encanailler.

— Ah ! C'est une autre histoire, mon cher. Je n'ai encore jamais refusé mon aide à quelqu'un qui veut s'encanailler. »

*

Nous partons, affublés de nos riches manteaux, dans un dédale de ruelles encrottées où le chauffeur n'a pas l'autorisation de pénétrer en voiture. Garés en face de la synagogue de Popper, éclairée de mille feux et prise d'assaut par des jeunes qui s'appliquent à accorder leurs clarinettes sur l'air d'une chanson klezmer, nous sommes contraints à une petite marche. De l'autre côté de la rue, le cimetière Remuh dort sous une nappe de brume froide, déchirée ici et là par les branches des arbres encore nus. Les parents de Ludwik y reposent. Peut-être son grand-père aussi, celui qui s'empiffrait de jambon à chaque Yom Kippour pour manifester son athéisme, dans une tentative désespérée d'insulter Dieu, jamais disposé à répondre à ce genre de provocations. Un groupe de Loubavitch sort d'un autocar. Pressés comme à l'accoutumée, ils disparaissent subitement, avalés par la porte cochère du Palais Horowitz dont le rez-de-chaussée a été transformé en un restaurant chic et cher, kasher à ce qu'on dit, disposant même d'un menu rédigé en yiddish.

« Ça n'a plus rien d'un quartier louche ! Es-tu certain qu'on s'y encanaille toujours ?

— Mais si ! Tu regardes la synagogue, alors tu vois les touristes... mais tourne la tête, il y a une bagarre à l'entrée du commissariat. Ça fait quand même plaisir à voir ! Des types soûlés à la vodka se tapent sur la figure comme au bon vieux temps, quand on trouvait quinze cadavres par semaine dans le périmètre. En tant qu'élu de la ville, j'ai le droit de me réjouir que les traditions locales n'aient pas complètement disparu, tout en permettant le développement du tourisme et l'émergence de ce qu'on appelle la mixité sociale. Sais-tu combien vaut à présent un appartement rue Szeroka ? Une petite fortune dont aucun des anciens habitants du quartier ne dispose. Ils se font expulser les uns après les autres et laissent la place à de jeunes cadres. Profitons-en donc, ma jolie, tant que ce lieu n'a pas encore été totalement transformé en premier shtetl bobo. »

Sur ce, Edward retrousse le bas de son élégant pantalon de laine pour éviter qu'il ne trempe dans les flaques d'eau.

« Pourquoi ressens-tu le besoin de te moquer de chacune de tes réussites, Edward ?

— De quoi parles-tu, Wanda ? De quelles réussites ?

— Bah voilà ! Aurais-tu imaginé, il y a quinze ans, des Juifs en kippa se promenant dans ce quartier ? Si c'est désormais un fait, il faut que tu reconnaisses y avoir contribué.

— Chut ! Parle moins fort, sinon on va se faire tabasser par les vrais Polonais. Voilà ma réussite, Wanda ! Je connais un conseiller municipal... il arpente chaque matin son quartier, un seau d'eau javellisée dans la main droite, un balai-brosse à la main gauche, pour effacer tous les "JUDEN RAUS !" qui fleurissent sur les murs chaque nuit. Et il recommence le lendemain, et ainsi de suite... En janvier dernier, peu avant la visite officielle de la Knesset, le type a lancé un appel à tous les élus locaux, à la mairie, aux habitants, les incitant à participer au grand nettoyage... Sais-tu combien de signatures il a récoltées ? Vingt. Ce ne sont pas quelques rabbis sous escorte qu'il faut regarder, Wanda.

— As-tu signé cette pétition ?

— Bien sûr que non ! Je n'ai jamais signé aucune pétition. À plus forte raison la moins utile de toutes ! Tu ne vas tout de même pas me dire qu'on supprimera la vilenie humaine à coups de pétitions, si ? Alors…

— Tu as failli marcher dans une merde », lui fais-je remarquer afin de le rendre plus vigilant.

Edward soupire d'exaspération.

Le bar Singer, ainsi nommé en l'honneur du fameux fabricant de machines à coudre dont les modèles d'avant-guerre servent ici de tables, a bâti sa sulfureuse réputation au début des années 90. Alors que les établissements mythiques du centre-ville, à commencer par Warszawianka et Feniks, vieillissaient comme leurs clients, mal et tristement, la jeunesse a décidé d'investir le quartier de Kazimierz, devenu aussitôt le champ gravitationnel de la vie artistique. Les acteurs inaccomplis, les peintres en herbe, les barbouilleurs en tout genre et en manque d'inspiration, mais aussi les étudiants en art, philo ou littérature, la tribu restée sur le bas-côté de la voie rapide du capitalisme, y campaient avec l'obstination et la grandiloquence de vrais communards. Une certaine marginalisation, revendiquée au même titre que le rejet du nouveau paradigme de la réussite, leur garantissait une liberté sans limites pour entreprendre n'importe quoi avec les moyens du bord. Les appartements pouilleux se transformaient en salons de coiffure d'où l'on sortait avec les cheveux teints en bleu. Les locaux commerciaux rouvraient. Des libraires et des disquaires s'installaient dans d'anciens ateliers de cordonniers. Tout cela était bricolé, mais bricolé avec passion. J'en sais quelque chose puisque Gabriela y avait loué son premier appartement indépendant, suffisamment grand pour abriter aussi son atelier. Elle l'a occupé pendant les trois premières années de ses études à l'Académie des Beaux-Arts. Quand nous n'avions pas de ses nouvelles, ou qu'elle ne répondait pas au téléphone, ou bien quand l'opératrice nous informait que la ligne avait été coupée, nous allions la chercher directement au Singer. À défaut de la trouver accoudée au zinc, nous tombions toujours sur quelqu'un capable de la localiser.

« Allez jeter un coup d'œil chez Maciek. Il habite rue Kupa, quelqu'un vous dira… »

Et si elle n'était pas chez Maciek, rue Kupa, elle risquait d'être chez Jozka, une graphiste qui déversait son talent en dehors des murs d'un studio moisi, couvrant de graffitis les façades des immeubles en ruine. Edward venait avec moi, « pour la sécurité », comme il disait. Vite lassé, il poursuivait en solitaire sa mission au comptoir du Singer. L'état de décontraction alcoolisée dans lequel je le retrouvais, traînant derrière moi une Gabriela tout autant décontractée sous l'emprise de je ne sais quelles substances illicites, me facilitait la médiation entre un père et une fille en perpétuelle bisbille.

Je garde de cette époque une image comme surexposée à la lumière, imprécise, presque floue, mais radieuse. Pourquoi nous disputions-nous avec autant de sérieux en parlant de l'avenir, alors que le sujet relève, *de facto*, de la pure spéculation ? Une fois, Edward avait reproché à Gabriela « d'aller droit dans le mur », ce qui n'est, curieusement, pas arrivé. En tout cas, pas plus que Edward n'a fini devant un tribunal pour la trahison de ses idéaux, comme le lui prédisait Gabriela, alors empreinte d'une foi robuste en la « révolte sociale » qu'elle a abandonnée par la suite, à l'instar de son propre père des années plus tôt. Il est vrai qu'à ce moment, appelé par ce farceur du département d'État américain « la fin de l'histoire », tout paraissait au contraire possible dans notre partie du monde. Gabriela prophétisait une révolution qui serait déclenchée presque accidentellement par des jeunes auxquels ni l'armée ni le pouvoir post-communiste ne sauraient faire face. Edward avait beau ressasser la fatigue des Polonais, notre fille se retranchait derrière toutes sortes de revues plus ou moins insensées, toujours provocantes, dont les jeunes se gavaient.

« Bien sûr, papa chéri, que les Polonais ne veulent pas de révolution ! Remarque, ils ne veulent rien qui se termine par « *tion* », comme « privatisation », « libéralisation », « paupérisation », « humiliation », « dégradation », mais aussi « émancipation », « évolution », « réconciliation »... c'est-à-dire qu'ils ne veulent pas que les choses changent et encore moins qu'elles restent les mêmes. Alors, comment vous allez faire, vous, là-haut ? T'as une idée, papa ? Encore que... l'idée, vous n'en avez eu qu'une seule, laisser Jeffrey Sachs et la Banque mondiale décider à votre place. Tu sais bien que les révolutions ne se font pas de par la volonté du peuple, mais contre cette volonté.

— Et ce serait quoi, votre révolution ? Une gentille plaisanterie à la Mai 68 ? Ou un minicarnage style Brigades Rouges ? J'en tremble… »

Alors que Gabriela s'apprêtait à poursuivre sa tirade, un homme rabougri, à la peau marbrée sur le nez et exhalant une haleine qui avait de quoi rendre ivres ses interlocuteurs, venait de se pointer devant Edward.

« Hé, Patron, vous n'auriez pas deux zlotys qui vous déforment la poche ? Deux zlotys en trop, quoi… »

Après un instant de silence stupéfait, Gabriela s'était levée de sa chaise et avait tenté d'attraper le spécimen par la manche de son veston qu'on aurait cru volé à un golem.

« Monsieur Wrobel, mais qu'est-ce que vous foutez là ? Vous deviez être chez moi pour la pose ! Je vous ai attendu toute la matinée, hier.

— La Chamane, dis donc… mais qu'est-ce que t'as à m'abîmer la réputation comme ça, devant les clients, avec tes "monsieur", hein…

— La Chamane ? ai-je répétée, incrédule, après monsieur Wrobel.

— Et comment, madame la Patronne ! Si vous aviez vu la gueule qu'elle m'a peinte sur un tableau… Je vous jure, un portrait comme ça, ça vous inciterait à l'abstinence…

— Monsieur Wrobel, ce n'est pas sérieux ! Je dois rendre le tableau à l'Académie dans une semaine !

— Et c'est sérieux de monsieuriser publiquement un type comme moi, qui essaie de gagner honnêtement sa croûte ? Si tu étais gentille avec moi, la Chamane, je te dirais que j'ai vu le Pape entrer dans la synagogue. »

Comme électrocutée, Gabriela avait fait un bond, à croire qu'on lui parlait de l'assassin de ses enfants. Perdue, j'avais cru bon de demander : « Mais qui est-ce, ce Pape ? » En réponse, ma fille m'avait lancé depuis la rue :

« Un berger !

— La synagogue de la rue Szeroka... Hé, la Chamane, t'aurais mieux fait de lui donner plus à bouffer. Il faisait la manche devant les youpins en visite. »

Edward termina son verre et, tel un prince amusé par l'infortune de ses sujets, il décida de suivre Gabriela. Les sous glissés dans la main tremblante de monsieur Wrobel nous donnèrent le droit de passer par une voie semi-privée, un raccourci débouchant directement sur la rue Szeroka. Après des années, je me dis qu'en réalité, nous avions, ce soir-là, traversé un passage des *Cahiers de Malte Laurids Brigge*, celui où Rilke, « troublé et atteint », affrontait les maisons démolies, mais pourtant pleines de vie. Dans les pauvres ruelles de Kazimierz, s'y ajoutait une aspiration, poignante et pathétique, à embellir le lieu. Sur un terrain en friche, quelqu'un avait pris l'initiative d'aménager un petit potager entouré de vieux pneus peints aux couleurs du drapeau polonais, blanc-rouge, blanc-rouge, blanc-rouge. En poursuivant vers la Grande Synagogue, nous sommes passés près d'un point de rachat de bouteilles vides où monsieur Wrobel nous a quittés, souhaitant régler « ses affaires » avec le propriétaire.

L'aboiement d'un chien invisible nous a fait accélérer le pas. Sur l'esplanade de la synagogue, Gabriela tenait à peine debout, essayant de calmer l'excès de joie d'un berger des Tatras, appuyé de ses deux pattes de devant contre ses maigres épaules. C'était Pape. Il a vécu avec notre fille quatre ou cinq ans. Une fidélité entrecoupée de fugues durant lesquelles Gabriela le traquait jusque vers l'autre rive de la Vistule. Il est mort d'une cirrhose du foie après avoir pris ses habitudes au Singer.

*

À l'instant où nous franchissons la porte du Singer deux décennies plus tard, l'absence de Gabriela se cristallise et me désole. Je n'éprouve pas le même manque concernant sa sœur, fille convenable à tous égards et qui jamais, pas même au lycée, n'a eu de temps à perdre dans les bars interlopes. Marta courait après des perspectives, Gabriela après des instants. La topographie de la ville changeait sensiblement selon qu'elle était abordée avec l'aînée ou la cadette, la folle ou la sage, l'emmerdeuse ou l'aimable. Frappée par des excès d'extravagance chimiquement pure, Gabriela a balisé un parcours incomparablement plus attrayant et éphémère. En un sens, Gabriela me manque avec la même intensité que la Pologne de ces années-là.

Des années que je n'ai pas eu la clairvoyance d'apprécier à leur juste valeur. Après l'application des premières mesures libérales, on a vu les slogans « CAPITALISTES = COMMUNISTES » surgir dans toutes les manifestations à travers le pays, provoquant une grande confusion chez les correspondants de la presse étrangère. À la vitesse d'un projectile, l'anarchie sémantique a aussi traversé la création littéraire, à l'exemple de ce roman à succès sur une femme aux trois clitoris. À l'époque, Gabriela était déjà convertie à la splendeur impérissable du génie classique qu'elle souhaitait perpétuer en se vouant à la peinture figurative. S'agissait-il d'une « contestation de la contestation » ou d'un besoin intime ? Je l'ignore. Reste qu'il y eut en ce temps un peu de cette vivifiante émulation au dévergondage, qui fit le plus grand bien à notre vieille patrie bigote.

C'est parti ! Un vin chaud pour moi, une vodka pour Edward. Van Morrison fait s'animer quelques couples, à qui l'on se presse d'aménager une piste près du bar, envoyant au passage une chope de bière à terre. Edward en rit avec la spontanéité qu'il avait à vingt ans. Je me dis que tout cet alcool qu'il a ingurgité depuis si longtemps doit lui permettre d'entrevoir une bribe de vérité sur le monde. Sinon, à quoi bon boire autant ? Saurait-il au moins m'éclairer sur l'illisible chemin que nous avons parcouru ensemble ? Parce que rien ne nous y prédestinait vraiment, si ce n'est un coup de folie du Premier secrétaire du Parti, Wladyslaw Gomulka, et un caprice de Mick Jagger, en ce froid printemps de 1967.

*

À Wroclaw, je suivais studieusement mes cours de médecine et assistais autant que possible aux stages du Théâtre Laboratoire. Edward y était apparu un soir, à moitié étouffé par une cravate étroite très à la mode, laquelle avait d'ailleurs suscité une certaine méfiance chez Ludwik, de nature circonspecte envers qui manifestait un intérêt trop prononcé pour les styles vestimentaires en vogue. Edward n'avait donc pas été admis dans la salle où nous pratiquions nos exorcismes et dut attendre sagement à l'extérieur, un calepin noir posé bien en évidence sur les genoux. La réputation grandissante de Grotowski attirait des foules de jeunes gens du monde entier. Le triomphe des six représentations du *Prince constant* au festival du Théâtre des Nations à Paris y avait contribué. Au retour de l'événement, auquel avaient également participé le Metropolitan Opera de New York et le Théâtre Gorki de Leningrad, Ludwik nous avait lu des articles élogieux parus dans la presse française, y compris celui de *L'Humanité* qui nous avait fait beaucoup rire : « La recherche, qui n'est pas moins nécessaire en art qu'en science, est favorisée en Pologne comme elle ne l'est pas en France. » Les autres, plus lucides, évoquaient « une messe laïque », « une participation-communion », « un rituel collectif qui provoque un choc existentiel », et qualifiaient Le Boss de « fils naturel d'Artaud ». Il n'en avait pas fallu davantage pour éveiller la curiosité de ceux qui n'avaient pu assister aux représentations au Théâtre de l'Odéon.

Chargé par son journal de Cracovie d'écrire sur notre expérience théâtrale, Edward avait voulu voir la cuisine, présenter les méthodes qui avaient propulsé le Théâtre Laboratoire sur le devant de l'avant-garde européenne. Sans surprise, Ludwik l'avait envoyé balader à la seconde où il avait entendu le mot « méthode ». Edward n'était pas « prédisposé » à comprendre nos entraînements. La sentence m'avait paru injuste, presque absurde. J'avais alors accepté de répondre à ses questions, ou plutôt de lui faire oublier qu'il n'avait jamais eu de questions à me poser.

« Pourquoi avez-vous voulu rejoindre le stage ? m'avait-il tout d'abord demandé.

— Pensez-vous que les arbres se protègent mutuellement pendant une tempête ? », lui avais-je répondu.

Il s'était braqué en ripostant qu'il ne voyait pas le rapport, qu'il était possible que les arbres communiquent entre eux, s'avertissent réciproquement des dangers, voire se sacrifient les uns pour les autres. Il avait accusé la science de ne pas être suffisamment à la pointe pour nous le prouver, alors qu'une observation de l'écosystème forestier aurait sans doute permis de constater une forme de sensibilité et d'intelligence collective. J'en étais restée bouche bée car la fine cravate qui lui serrait le cou n'avait pas laissé présager une telle originalité de pensée. Nous avions poursuivi. Moi, en essayant de lui expliquer notre travail avec des exemples concrets ; lui, cherchant à comprendre les raisons qui nous incitaient à vouloir perdre nos repères.

« Il serait autrement plus intéressant de découvrir pourquoi les gens, surtout les jeunes, se crispent à ce point dans des attitudes préfabriquées, ne croyez-vous pas ? »

Il avait de suite évoqué les groupes de hippies déjà présents à Wroclaw. Un certain nombre d'entre eux avaient cherché à se joindre aux stages ou, carrément, à intégrer la troupe. Grotowski s'en méfiait. Il qualifiait les hippies polonais de snobinards, obnubilés par une culture populaire étrangère à laquelle ils n'avaient d'ailleurs qu'un accès très limité. Dans son optique, la vie au sein d'une communauté menait inexorablement vers l'inhibition des réactions individuelles au profit de la soumission au groupe. Ludwik partageait cet avis. Et s'il acceptait de travailler avec certains hippies, il le faisait pour les aider à devenir « authentiques ». Cela passait, entre autres, par l'initiation à l'idée d'être libre, tout en conservant ses propres racines. Imiter l'Occident, y compris dans ce qu'il avait de plus intéressant à nos yeux, produisait au mieux un simulacre, au pire une caricature.

En théorie, ça sonnait pas mal. En pratique, les résultats s'avéraient plus mitigés. S'il était possible de convaincre les débraillés de tout poil d'atteindre les états alternatifs de la conscience par des exercices de respiration ou par la pratique intensive de la méditation plutôt que par l'usage d'hallucinogènes, il était insensé d'espérer qu'ils renoncent à écouter de la musique anglo-saxonne, tous ces groupes électrisants dont les disques s'infiltraient en Pologne ou via Radio Luxembourg. C'est précisément à cet aspect du problème que Edward s'était accroché, quand je lui avais parlé des réticences de Grotowski et de Flaszen à accepter les hippies au sein de notre compagnie.

« Ils me paraissent bien rigides dans leur prétention à l'authenticité. En plus, ils ont complètement raté le ventre universel… Parce qu'il y a dans le rock la racine commune de nous tous, et cette racine c'est l'Afrique ! Pourquoi sentez-vous votre ventre vibrer, quand vous entendez les premières notes de *Satisfaction* ? En fait, les Rolling Stones ont tout simplement ressorti les sons emprisonnés dans nos tripes ».

Je suis tombée amoureuse, immédiatement. Et réciproquement.

*

Edward avait rendu un reportage dont le sujet n'avait qu'un rapport indirect avec l'idée initiale. J'ignore comment il a convaincu son rédacteur en chef de publier un texte sur le pèlerinage de jeunes illuminés du monde entier vers Wroclaw et les « conséquences on ne peut plus positives de cette agitation pour la plus cosmopolite des villes polonaises ». Le pouvoir n'appréciait guère qu'on mette en avant le cosmopolitisme de Wroclaw, dont il convenait surtout d'alléguer la polonité. Depuis sa rédaction à Cracovie, Edward me téléphonait à la résidence étudiante où j'avais obtenu une chambre mieux chauffée et plus spacieuse. Il me parlait de sa collection de disques de jazz, constituée non sans peine. Et de Ryszard Kapuscinski, brillant reporter déjà à l'époque, ce qui rendait Edward, de quinze ans son cadet, envieux et tenace. Enfin, il m'avait proposé d'aller avec lui à Varsovie « couvrir » le concert des Rolling Stones pour lequel sa rédaction lui avait offert une place. Il en avait exigé deux, et deux chambres d'hôtel dans le quartier de Wola.

« Vous allez voir que ce n'est pas si différent de ce que vous essayez d'obtenir là-bas, à Wroclaw. Un rituel laïc. »

« Le rituel laïc », c'était son cheval de bataille de journaliste débutant. À chaque fois qu'il proposait un sujet concernant un phénomène jugé « nuisible » à la République populaire – et la popularité de la musique occidentale en était un –, il invoquait son « rituel laïc ». Le rock symbolisait l'impérialisme capitaliste, mais en même temps, présentait un moyen de contrecarrer l'emprise de l'Église catholique. En général, ça passait. Surtout si Edward rappelait à quel point le rock contribuait à éradiquer les restes de l'esprit bourgeois qui avait fâcheusement résisté à la progression du socialisme. Edward resterait dans les annales du journalisme polonais comme un des rares reporters acquis au « flower power » et à l'essor du rock'n'roll. Dès 1968, il s'agissait pourtant d'une cause perdue, la presse du régime s'acharnant contre « les tentatives de ramollir le bloc socialiste » par le biais d'une « guerre psychologique » dont les stratèges auraient planifié d'utiliser la « musique débauchée » afin de rendre la jeunesse polonaise a-idéologique, égocentrique et paresseuse.

*

En 1967 pourtant, le Premier secrétaire, Gomulka lui-même, permit aux Rolling Stones de se produire dans la salle du Congrès du Palais de la culture et de la science à Varsovie. Un accord consenti sous la pression de ses petites-filles, à ce qu'on disait. Initialement le groupe devait donner un seul concert, à Moscou, mais Moscou avait retiré son autorisation au dernier moment. Mick Jagger avait alors opté en faveur d'un pays voisin. La promotion du nouvel album du groupe, *Between the Buttons*, n'avait pas eu le moindre écho en Pologne où les disques se vendaient sous le manteau. Pourtant, fait banal durant le communisme, les billets du concert disparurent bien avant que la ville ne soit placardée d'affiches. Comme pour tout, pour les Rolling Stones aussi il fallait avoir ses entrées, ses relations et circuits alternatifs.

J'ai pris un train de nuit. Arrivé la veille, Edward m'attendait à la gare, une frange farouchement rebelle sur le front et un bouquet d'œillets bicolores, jaunes et bordeaux, à la main. Nous avons maladroitement regardé les pointes de nos chaussures, puis j'ai pouffé de rire en relevant les yeux vers ses fleurs, emblématiques de toutes les cérémonies officielles du Parti.

« Excusez-moi, je n'ai rien trouvé d'autre. Or maman m'a appris qu'on offre toujours des fleurs aux filles que l'on accueille à la gare. »

Nous avons pris le tramway pour aller à l'hôtel. Derrière les vitres sales, Varsovie défilait dans toute sa monstruosité architecturale, laquelle résultait autant de l'influence stalinienne que du manque de moyens des Soviétiques. Notre capitale avait l'allure d'une colonie sous-développée de l'Empire. Les slogans « LE PARTI AVEC LES OUVRIERS, LES OUVRIERS AVEC LE PARTI » accrochés aux façades, y étaient plus grands que chez nous, à Wroclaw, et les filles y portaient des jupes plus courtes. Le quartier de Wola aurait pu être l'œuvre majeure d'un cubiste pinté, variation arythmique de blocs de béton gris où l'on vivait dans les mêmes appartements, au métrage calculé au mérite des occupants. Edward s'était aperçu de ma consternation et, comme effrayé à l'idée que je puisse repartir sur-le-champ, s'était proposé de m'emmener au parc des Bains.

À l'hôtel, j'avais pris une douche dans une salle de bains privée – comble d'un luxe auquel je ne m'attendais pas –, puis j'avais raccourci ma jupe de dix bons centimètres à l'aide d'épingles à nourrice. Je ne me sentais pas provinciale. Bien au contraire. Comparée à Varsovie, Wroclaw me parut imprégnée d'un certain air d'originalité et d'insolence. Dieu que nous étions avides de vivre autre chose que ce que nous vivions, alors même que nous avions une idée très floue de ce que cela pouvait être ! Aujourd'hui encore, je me souviens avec précision de cette envie folle et douloureuse. Elle n'est, en outre, pas très différente de mon inconfort actuel.

Comme à l'époque, j'ai un pressentiment, une intuition même, qu'ailleurs, j'ignore où, la mort doit être moins ignoble que dans un lit d'hôpital. Au fil de la journée, cette impression nullement justifiée s'ancre en moi, et je crains qu'elle ne frôle bientôt une névrose obsessionnelle.

Notre taxi s'était retrouvé devant le parvis du Palais de la culture, submergé par un flot humain qui grondait sous les matraques de la milice. Les uns perchés sur les arbres, les autres accrochés aux statues monumentales, les gens agitaient tout ce qu'ils avaient sous la main – vestes, foulards, pancartes « VIVE LES ROLLING STONES ! ». Je n'avais jamais rien vu de comparable. Un réflexe de recul m'avait retenue sur la banquette arrière du véhicule. En me pressant de sortir de la voiture, Edward m'avait soufflé : « Viens, je suis à tes côtés. » Après des années, je me dis que l'amour naît au moment où l'on est prêt à porter crédit aux propos les plus insensés de l'autre. À peine plus grand que moi et de corpulence moyenne, Edward n'aurait pas pu me protéger. Sans compter qu'il n'a jamais été bagarreur et que la confrontation physique lui fait horreur. Une fois dehors, je l'avais tiré vers moi en lui serrant le bras, de peur qu'il ne se fasse piétiner avant de pouvoir entendre les premiers accords de *Something Happened to Me Yesterday*. Il faisait frais pour un 13 avril. La foule sentait mauvais et les nuages étaient tellement bas qu'on aurait dit qu'ils allaient nous compresser en un bloc de chair humaine, à l'image de ces bâtonnets de poulet congelés qui faisaient, à l'époque, leur apparition dans nos commerces. Se frayer un passage jusqu'à l'entrée relevait du sport de combat, d'autant plus pénible que les gens sans billet jetaient des invectives à ceux qui en avaient, les soupçonnant de faire partie de la clique des apparatchiks. La milice répliquait avec zèle. J'étais stupéfaite. Eux en uniforme et nous en civil, nous appartenions pourtant à la même société, vivions les uns près des autres, partagions les mêmes cages d'escaliers, les mêmes cours d'immeubles.

Dotée d'une salle de deux mille cinq cents places, le Palais de la culture a accueilli le double de spectateurs le jour du concert des Stones. Les premiers rangs, réservés à la verkhuchka du Parti, sont restés calmes jusqu'à ce que Jagger entame *Satisfaction*, faisant fuir quelques tristes individus sous escorte de la milice. Le groupe polonais « Rouge-Noir » avait été chargé de chauffer la salle. Quand enfin la silhouette déliée de Charlie Watts a traversé la scène pour aller s'effacer derrière la batterie, la fille à ma droite a fait un malaise. Nous avons manqué l'apparition de Jagger qui a déclenché sanglots et hurlements. Edward s'est saisi du délire ambiant pour m'embrasser. J'ai fixé la scène, trompant ainsi ma timidité. Il a ri, gêné lui aussi. J'ai scruté les mouvements de Jagger. En jean moulant clair et chemise noire à moitié ouverte, il se déhanchait dans des figures suggestives, bombant les fesses sous le nez de nos dignitaires. Agitant les bras, secouant nos têtes à en devenir chauves, poussant des cris, tous fusionnés dans une transe, nous exprimions simplement la joie d'être jeunes, ensemble et crétins. L'acoustique était épouvantable. Quelqu'un a jeté un bouquet de roses sur la scène. Jagger s'en est mis une dans la bouche, pour la recracher aussitôt, droit sur l'exécutif du Parti. Explosion de fous rires dans la salle. Nous écoutions les Stones et il était évident qu'à la fin du concert le monde ne serait plus le même. En même temps, je voyais Edward folichonner, sachant que le lendemain son article serait envoyé à la censure. Je lui ai mis le nez dans ses contradictions.

« Si je pars du journal, si les gens comme moi partent, imagine qui fera tourner la boutique... Le béton le plus dur. Parce que c'est sûr, la boutique tournera, avec ou sans nous.

— Convaincs-moi que c'est une stratégie, pas de la trouille ou de la lâcheté.

— Je n'ai pas peur de bosser comme magasinier, si c'est ce que tu me demandes. »

À la sortie du concert, nous sommes tombés sur les gendarmes à cheval, les voitures blindées, les cordons de la milice et les canons à eau, qui balayaient la place de toute présence humaine. Edward s'est statufié. Son visage d'ordinaire serein semblait fardé d'un mélange de colère et de déception. J'ai aimé cette expression. Il a enlevé son imperméable sous lequel nous nous sommes abrités. Quelques jours plus tard, Edward a appris par ses sources que les cinq membres du groupe avaient été pétrifiés de trouille le soir du concert, de même que les officiels, qui avaient craint une révolte. Pourquoi ne l'avions-nous pas faite, cette révolte ? Edward m'a saisie par la taille et nous avons dévalé l'escalier les yeux fermés, talonnant deux gendarmes qui nous ont ouvert le passage malgré eux. Nous marchions le long de la rue Marszalkowska, main dans la main, muets.

*

Tandis que la clientèle du Singer traverse l'établissement dans une sarabande endiablée, j'ai une question à poser à Edward :

« Pourquoi ne sommes-nous pas héroïques ? Pourquoi ne l'avons-nous jamais été ?

— Comment ça, “pas héroïques” ? À soixante-dix ans, nous sommes en train de picoler dans le bar le plus louche de Cracovie, pieds nus de surcroît, et tu me dis que nous ne sommes pas héroïques !

— C'était une question sérieuse. Axiologique et existentielle.

— Wanda, ma jolie, ma réponse était consciencieuse. Nous avons eu le courage de rester infantiles et imaginatifs, d'avoir des enfants, de passer des vacances en famille au bord de la Baltique, dè réussir, de dépenser beaucoup d'argent, d'organiser des fêtes d'anniversaires, de tenir dans ce pays, d'écouter les infos, de manger du sucre et de la viande, de garder des "amis"... »

Edward termine son troisième verre. Sauf qu'il n'a pas besoin d'alcool pour être ironique. L'ironie est innée chez lui. Je sens ma fièvre monter et j'ai besoin de lui dire à quel point ma maladie me paraît injuste au moment où j'ai encore très envie de vivre. Quand je songe à ceux qui ne tiennent pas spécialement à la vie, comme Gabriela par exemple, la mort me semble bien cruelle. Non que la mort serait plus juste si elle reniflait Gabriela. Je n'aurais pas la force de survivre à ma fille. Mais à l'entendre se plaindre des levers de soleil semblables au couperet d'une guillotine qui ne tombe jamais, je me dis qu'un petit cancer parfaitement curable lui ferait le plus grand bien. Je n'oserais l'avouer à Edward, même si je ne serais pas étonnée d'apprendre qu'il pense la même chose. Le volage, le désinvolte, l'imperturbable Edward tient à la famille comme à une bouée de sauvetage.

« Tes yeux brillent, Wanda », s'inquiète-t-il.

Il tombe dans un vague spleen, à moins que ce ne soit la fatigue, puis me tend la main, cherchant à atteindre mon front. En amoureux, il chuchote :

« Ce n'est pas parce qu'on flirte ici, ma jolie, que tes yeux brillent, mais parce que tu as la fièvre, la migraine et envie de vomir. Alors je vais appeler le chauffeur et régler la note. »

La nuit commence à peine pour les habitués et je ne voudrais pas la gâcher en tombant dans les vapes. En outre, mon cou, mes épaules, mes bras, mes avant-bras, mes mains, mes doigts, mes côtes, ma colonne vertébrale rongée sur toute sa longueur par le cancer comme un vieux pull par les mites, mais aussi mon coccyx, mon fémur droit et mon fémur gauche, mes deux tibias, mes tarses et même les phalanges de mes orteils me font souffrir. C'est une douleur d'avant l'invention des antalgiques de palier 3, une torture orientale, que je comparerais à la tentative de remplir mes os avec du fer liquide. Elle me submerge, me rend hargneuse. Je presse Edward, « Dépêche-toi ! » Et je geins, en prenant la précaution de ne pas trop ouvrir la bouche car j'ai peur que mes dents ne tombent d'un seul coup. Boum ! Une poignée de pois chiches jetée par terre. Voilà qu'une force intérieure, logée en moi à mon insu, tente d'expulser mes yeux hors de leurs orbites. Je saisis ma tête entre mes mains, me couvre la bouche, ferme les paupières, je serre mon crâne, tente de maintenir ma mâchoire en place, en vain.

Seul un train me percutant à grande vitesse pourrait me soulager. La morphine ne viendra pas à bout du dragon en colère qui s'amuse à arracher, lambeau après lambeau, ma viande et ma carcasse. Edward saisit la situation, me prend dans ses bras, ce qui est, à ce jour, la pire saloperie qu'il m'ait jamais faite. Comment, soûl, arrivera-t-il à se traîner jusqu'à la porte, avec mes deux cent huit os pourris ? Presque cinquante kilos de restes avariés. J'ai arrêté de me peser, m'évitant ainsi de chiffrer ma disparition. Mais j'en ai vu quelques-uns qui sont descendus à moins de quarante kilos avant de crever. En combien de temps le dragon bouffera-t-il les dix kilos qui me séparent d'eux ?

« Froid, dis-je à Edward.

— C'est bien ma jolie. Tu es brûlante. »

Mon Héraclès. Il s'est débrouillé pour sortir avec sa femme accrochée à son cou tel un pendentif en forme de squelette. Il ne saura pourtant me sortir des enfers, fût-il prêt à y déambuler en fanfare, l'alcool aidant. La porte de la berline s'ouvre, il me fourre dedans avec toute la précaution dont est capable un homme de son âge après une cuite, et nous démarrons enfin.

« Nous allons aux urgences, ordonne-t-il.

— Pas question. J'ai ce qu'il faut à la maison. Ramène-moi à la maison.

— Ne t'inquiète pas… Je le ferai. »

Les Pères de l'Église ne se seraient pas trompés. Passé un certain seuil, la douleur devient salvatrice. On s'y enlise avec résignation jusqu'à atteindre une forme d'unité bienfaisante de l'être. L'intellect et les sens, le corps et l'âme, ne font plus qu'un. Les interrogations perdent leurs sens. Tout est douleur. Le cancer au stade 4 a quelque chose de religieux – il relie sa proie à l'essence, ce que les uns identifient à Dieu et les autres à son absence. Le passage dans la sphère exclusive de la douleur équivaut à l'enfermement dans un quartier d'isolement. Edward ne pourrait m'y rendre visite, même s'il le souhaitait. Il me tient la tête contre son épaule d'une main, tandis qu'il me frotte les genoux de l'autre. Un vrai supplice contre lequel je ne proteste pas, pensant économiser l'énergie dont j'aurai besoin à la maison. Cinq cents mètres carrés de la folie immobilière d'Edward, sans compter les dépendances, les garages et le terrain aménagé. Un lit seul ferait pourtant l'affaire. Nous entrons dans l'allée des Marronniers et l'évidence me serre la gorge... Je ne verrai plus fleurir ces mastodontes, ni Mushika grimper jusqu'à leurs cimes pour y chasser les écureuils. Je ne me querellerai plus avec Gabriela, ni n'emmènerai au parc de Dèce cet enfant que Marta essaie de faire pousser en elle au moyen de la ponction ovocytaire. De toute manière, il ne nous ressemblera pas, peut-être même n'aimera-t-il pas les arbres. Marta souhaiterait qu'il ait un talent pour les mathématiques et aurait choisi un étudiant de l'Institut technologique du Michigan comme donneur. Il n'y a jamais eu de vrais scientifiques dans la famille, la médecine se situant à la frontière floue entre la science et l'art. Pourquoi n'a-t-elle pas simplement cherché un homme drôle ? Si Edward ne peut pas rigoler avec son petit-fils d'éprouvette, ça ne marchera pas. Ah, nos filles…

La porte du garage s'ouvre enfin. Je me déplace avec peine vers la portière. Le chauffeur se propose de prêter main-forte, c'en est vraiment trop. Trop d'humiliation, de violence, d'impudeur. Je me presse de les rassurer tous les deux, lui et Edward, sur ma parfaite capacité à m'extraire seule de cette fichue bagnole, quitte à y laisser un bout de bras ou de jambe. Je tombe littéralement en ruine. Je m'effrite. Un diable se sert de ma tête comme d'un tambour. Non. C'est seulement le vin, un diable aurait trop peur de s'approcher de moi. Enfin debout, je savoure mon exploit. Edward ne devrait pas me voir ainsi, même s'il ne nous reste plus que quelques semaines à vivre ensemble.

« Edward, tu seras gentil de donner sa pâtée à Mushika. Je vais prendre ma douche.

— Je monte avec toi, ma jolie.

— Non. »

Et voilà, il m'en veut parce que je le prive de l'occasion de se montrer indispensable à ma survie. Il ne peut ignorer l'odeur de putréfaction qui se dégage de ma peau. Et je souhaite m'en débarrasser dans l'intimité. Serait-ce exagéré, au terme de quarante ans de vie commune, de feindre la pudeur ? Nous avons effleuré le sujet après ma mastectomie, quand j'ai refusé de partager sa chambre. Edward avait objecté :

« Si on t'avait amputée d'une jambe, aurais-tu eu la même réaction ? »

J'ai cédé. Seulement là, il ne s'agit plus d'une cicatrice mais d'un cadavre capable de se mouvoir. Ma chemise de nuit, achetée dernièrement, ressemble à un suaire. Elle m'a plu par son aspect rustique très travaillé, agrémenté de petits morceaux de dentelle à l'ancienne, qui se marient fort bien avec de la serge de lin. Que ne sommes-nous prêts à nous raconter quand on a passé l'âge de dormir à poil.

L'eau chaude me fait tourner la tête et ranime mes pieds, qui deviennent rouge vermeil.

« De la vapeur s'échappe sous la porte. Tout se passe bien ? crie Edward.

— Ce n'est pas encore l'heure des derniers sacrements. »

Quel emmerdeur ! Son attention m'oblige et me contraint, elle me fatigue, m'agace. Ne serais-je pas en train de me transformer en mégère ? Cela aussi devrait passer avec un nouveau patch de morphine.

« Pardonne-moi, Edward, j'ai l'air d'un ectoplasme, lui dis-je en entrant dans la chambre.

— J'ai rêvé depuis longtemps de passer une nuit avec un corps astral », me répond-il, plongé dans le halo bleu de la lampe de chevet qui le fait ressembler, lui aussi, à un spectre alcoolisé.

« Aurais-tu des regrets, Edward ?

— De quelle nature ?

— N'importe. Des regrets.

— Parfois. De n'être pas un Kapuscinski, entre autres...

— Tu regrettes donc d'avoir abandonné le journalisme ? Je ne l'aurais jamais cru !

— Mais non... La question n'est pas d'avoir laissé tomber le journalisme. Je n'avais pas la sensibilité d'un grand reporter. J'aurais pu poursuivre, si les gens ne m'avaient pas ennuyé. Leurs vies, leurs problèmes, leurs histoires, leur façon de les raconter...

— Qu'est-ce qui t'a pris alors de t'investir dans la politique ?

— Connais-tu un homme politique qui écoute les gens ? Au contraire, la politique a été une révélation ! La démocratie doit son succès au fait que les gens ne savent pas ce qu'ils veulent mais éprouvent néanmoins le besoin de protester. Ça leur donne l'impression d'avoir des idées, et même des opinions. Tu verras, aux élections de 2015, ils chasseront les libéraux au prétexte qu'ils ne les ont pas entendus ! Pourtant, je dois le reconnaître, le pays n'a jamais été aussi bien. On n'a aucun intérêt à écouter les gens pour bien diriger, mais il ne faut pas qu'ils s'en aperçoivent.

— On dirait que tu es désabusé...

— Pas du tout. Parfois la passivité des gens m'attriste, leur naïveté aussi. »

Ma fièvre monte. J'espère que ce n'est pas une pneumonie, j'essaie de dormir.

« D'où t'est venue cette idée de ne pas mettre de chaussures ?

— D'une fièvre précédente, je crois. Te souviens-tu de cette phrase dans ma chambre à Wroclaw ?

— "Il faut se préparer à être", récite Edward, en m'embrassant le front.

— Oui. Il faut se préparer à être. Qui a dit ça ?

— Sûrement un gourou ou un autre artiste total, un compagnon de Che Guevara... Tu étais entourée de types bizarres, à l'époque.

— Ça y est ! Cela me revient. Carabinetto ! Celui de l'Arte Povera que Ludwik m'a fait découvrir.

— Alors Pistoletto et non pas Carabinetto. C'est ça, Michelangelo Pistoletto.

— Rassure-moi, Edward. C'est un postulat impossible. On ne peut pas se préparer à être.

— Pas de doute, c'est un postulat absurde. Ou il faudrait avoir deux vies.

— Alors je suis contente de ne pas avoir attendu pour t'aimer dans cette vie. Maintenant dors. »

*

Ludwik avait rapporté une revue italienne spécialisée en art. Le journaliste y démontrait la proximité entre le mouvement italien de l'Arte Povera et le travail scénique de Grotowski. Le livre du Boss *Vers un théâtre pauvre* était paru en 1968 avec la préface de Peter Brook. Outre la similitude terminologique, je me gardai de concéder une filiation nette, ignorant tout de la production des Italiens. Ludwik ne semblait pas non plus convaincu, mais avait traduit cette phrase : « Il faut se préparer à être. » J'ai cru alors mieux comprendre certaines allégations de Grotowski, reprises par la presse du monde entier : « Ce n'est pas du tout le théâtre qui est nécessaire, mais quelque chose de complètement différent. Franchir la frontière entre toi et moi, aller à la rencontre l'un de l'autre, pour que nous ne nous perdions pas dans la foule, ni parmi les mots. »

L'heure était venue de recevoir la révélation, d'entrer dans le *sacrum*. En anglais, l'intitulé de son texte a d'ailleurs été traduit par « *Holiday : The Day That Is Holy* ». Edward en avait retenu surtout la grandiloquence de Grotowski qui se prenait, selon lui, pour l'initiateur d'une nouvelle religion. Je n'ai jamais voulu participer à cette polémique. D'après moi, la question fondamentale relevait de la source d'inspiration. L'avant-garde des années 70 m'a toujours paru assez hétéroclite pour contenir aussi ceux qui se réclamaient de « l'arrière-garde », ce qui a été le cas du Théâtre Laboratoire, avec la discipline monastique imposée aux membres de la troupe, le répertoire basé sur les classiques – certes contestés et décomposés, mais néanmoins canoniques –, le scepticisme à l'égard de l'improvisation.

Un jour, Grotowski nous a parlé de l'hindouisme, du pouvoir hypnotique qu'il exerçait sur lui. Sa mère, une institutrice au goût affirmé pour la spiritualité, lui avait offert *L'Inde secrète* de Paul Brunton.

« J'ai découvert que quelque part dans le monde vivent des gens conscients de leurs étranges pouvoirs et qu'ils les considèrent comme des phénomènes banals... Maharshi dit que la réalisation du soi est ce qu'on peut apporter de meilleur au monde. Les sages qui restent isolés pendant des années dans la forêt seraient des bienfaiteurs de l'humanité. C'est très occidental de penser que seuls les êtres engagés dans le monde seraient capables de l'influencer. Peut-être faut-il commencer par sa propre vie, espérant que ce changement insignifiant finira par contaminer quelqu'un. Le critère valable est : que fais-tu ? »

Oui, il faut commencer par sa propre vie, et se préparer à être. Le postulat n'a rien d'absurde. Edward m'a confortée dans l'erreur dans laquelle je persiste depuis des décennies. Mon attrait pour la pensée indienne, lequel s'inscrit, certes de manière ridicule ou du moins rendue telle, dans l'envoûtement de toute une génération d'Occidentaux, aurait dû m'en préserver. Il n'en fut rien. Le grand mythe de l'Inde, nous l'avions colonisé avec autant de brutalité que de naïveté, convoitant sa terre susceptible d'accueillir le germe de la folie que nous portions en nous. Penché sur les œuvres de saint Jean de la Croix où il trouvait les mêmes injonctions au « détachement intégral », qui nous séduisaient tant chez les hindous, Ludwik s'en moquait, d'abord gentiment. Puis, agacé, il m'a lancé un jour : « L'Inde n'existe pas. Sauf si elle existe en toi. » C'était présomptueux, mais avec ma carte de la bibliothèque de la Société d'amitié indo-polonaise, je lui avais répondu que l'Inde incarnait ma « temporalité profonde », mon « paysage intérieur ». Je me demande à présent ce que cela veut bien dire. Ludwik, quant à lui, ne s'était pas laissé impressionner et avait conclu qu'en ce cas, je n'avais pas besoin d'y aller. Un rien vexée, j'avais acquiescé. Mais c'est peut-être en Inde, justement, en Inde et nulle part ailleurs, qu'il faut que j'aille. Et à ce moment précis. Maharshi considérait que notre mort n'a pas eu lieu, comme n'a pas lieu notre naissance. Nous serions éternels. L'hypothèse n'a rien d'effrayant à mes yeux. À supposer qu'elle soit vraie, ce que ni moi ni personne d'autre n'aura le temps de confirmer ou d'invalider de façon démontrable et crédible avant ma mort, il vaut mieux que je me prépare à être, plutôt qu'à ne plus être. Et cela change beaucoup de choses.

*

Il a l'air d'un mandarin, Edward, vêtu de son pyjama blanc en satin. Il enchaîne les aller-retour entre la salle de bains et le lit avec une serviette imbibée d'eau froide. Il descend dans la cuisine pour en revenir aussitôt chargé d'un seau à champagne rempli de glaçons. « Parle-moi, parle-moi, Wanda », répète-t-il, comme si cela pouvait faire baisser ma température. Sachant qu'il les écoute parfois en cachette, je lui demande : « Crosby, Stills Nash…

— Bon sang, Wanda ! », lance-t-il, éberlué.

À croire qu'avec un cancer on n'a droit qu'à la marche funèbre de Chopin. Mais là où je suis, dans l'étuve humide de mon corps, les souvenirs ne fondent pas. Ils se condensent. *Long Time Gone…*, je tiens alors à préciser, parce que c'est le morceau que nous écoutions lors de notre premier été à Brzezinka, le Woodstock polonais.

Je ne l'ai pas inventé. À l'origine de la comparaison, il y avait André Gregory, épaté autant par l'effronterie que par le mysticisme très *New Age* de nos expériences para-théâtrales. Au début, nous, les autochtones, avons eu du mal à comprendre qu'il avait fui les États-Unis en raison de leur prétendue dérive fasciste.

La Pologne se secouait péniblement de l'intervention des armées du pacte de Varsovie en Tchécoslovaquie, à laquelle nos soldats avaient pris part. Mon ami Adam les avait vus. Il leur avait même parlé. En août 1968, il s'était rendu en train de fret de Varsovie à la station thermale de Duszniki Zdroj, située dans les Sudètes. Au petit matin, le bruit sourd des hélicoptères l'avait tiré de son sommeil sous l'emprise du LSD qu'un touriste suédois lui avait refilé. Il avait pris les hélicos pour des tapis volants et s'était rendormi paisiblement. À Duszniki, il devait retrouver le reste de sa bande de hippies. Hasard du calendrier, à peu près au même moment, Léonid Brejnev entendait rappeler aux Tchèques le caractère limité de leur souveraineté. Le campement de nos pionniers hippies s'était vu encercler par les fourgonnettes d'un détachement armé de la milice. Ils ne s'en étaient pas aperçus tout de suite, occupés à lire la première lettre de saint Paul aux Corinthiens, pour enchaîner avec *Howl* de Ginsberg. C'est seulement quand une voix diffusée par mégaphone les avait sommés de se disperser, qu'Adam s'était approché du cordon de la milice et, agitant les Évangiles, avait prononcé un extrait de ladite lettre de saint Paul :

« Nous, nous sommes fous à cause du Christ, et vous, vous êtes raisonnables dans le Christ. Nous sommes faibles, et vous êtes forts. Vous êtes à l'honneur, et nous, dans le mépris. Maintenant encore, nous avons faim, nous avons soif, nous sommes dans le dénuement, maltraités, nous n'avons pas de domicile, nous travaillons péniblement de nos mains. On nous insulte, nous bénissons. On nous persécute, nous le supportons. On nous calomnie, nous réconfortons. Jusqu'à présent, nous sommes l'ordure du monde, le rebut de l'humanité… »

Il n'avait pas été coffré sur-le-champ et avait même eu le temps de terminer le passage : « Par l'annonce de l'Évangile, c'est moi qui vous ai donné la vie dans le Christ Jésus. Aussi, je vous en prie : imitez-moi. » Aucun agent ne l'avait imité, mais certains s'étaient signés. L'affaire était pourtant loin d'être gagnée. Au final, il ne s'agissait pas d'éviter une arrestation, mais de pouvoir rester dans le pré. Or, Adam avait commis une erreur en invoquant son droit constitutionnel à demeurer où bon lui semblait. L'instant de grâce s'était achevé. Les miliciens avaient rossé la joyeuse compagnie à coups de matraque, avant de leur laisser deux heures pour dégager. Il nous était difficile de croire que la police américaine se comportait avec la même brutalité, ce qu'André Gregory affirmait pourtant.

Nous aurons été la première génération à écouter du rock'n'roll sur notre lit de mort. D'où mes visions soudaines, brèves et foutrement dantesques de l'enfer. Quand ça m'arrive, j'appelle Adam. Ancien et éphémère séminariste, il sait me calmer mieux que quiconque, précisant que Dante n'était pas un Père de l'Église, ce qui signifie que son œuvre, certes imprégnée des Livres saints, n'est qu'une réminiscence profane du dogme catholique. Que ferais-je à présent sans Adam, mon Virgile de substitution, alors que Edward appelle le Samu, m'envoyant dans un enfer bien pire que celui de Dante ? L'hôpital. Les urgences. Même Lucifer n'y tiendrait pas longtemps. Ah, Adam, pourquoi m'as-tu menti ? Je m'étais faite à l'idée de passer l'éternité avec des adeptes de l'ataraxie. « Ce n'est rien », me rassurais-tu. Que n'aurais-je donné pour me retrouver nulle part, ma prison rêvée ? Edward s'est rhabillé. Il attend les ambulanciers en me serrant la main comme si j'allais m'envoler. C'est une éventualité à ne pas exclure. Si seulement j'avais la force de survoler quarante ans de ma vie et de retourner à Brzezinka…

Seul Adam serait en mesure de m'aider à déployer mes ailes. Mais Edward ne l'appellera pas, trop envieux d'occuper enfin la place centrale dans ce qui reste de ma vie. Il a le droit de l'être. On sonne. Les brancardiers. Pourvu que le médecin qui les accompagne soit soûl ou crevé à ne plus tenir debout ni à prendre tout cela au sérieux. Car cela n'a rien de sérieux, même si je devais décéder dans les minutes qui suivent. En revanche, si j'allais survivre, cette fois encore, il ne me resterait qu'à prendre au sérieux l'éventualité qu'il faut que je me prépare à être. Et aussi pleinement que nous l'étions cet été-là, à Brzezinka.

*

Il y avait un homme à la peau noire planté au milieu de la forêt. La bouche charnue et résignée d'un des ambulanciers me le rappelle. Comme les cahots du véhicule du Samu m'évoquent le brimbalement de l'antique autobus Jelcz à bord duquel nous étions partis de Wroclaw en direction de Brzezinka. Le jeune homme noir – avant lui, je n'en avais jamais vu un seul en Pologne – se tenait immobile sous la pluie. Des bruits ont couru selon lesquels le stagiaire noir s'était fait prendre avec un joint et avait été exclu. Intrépide, il avait décidé d'attendre dans la forêt, espérant voir plier Le Boss, ce qui ne s'était pas produit. J'ignore en quelles circonstances le pauvre diable a disparu de la forêt. Mais l'image m'est restée. Tout comme le récit d'Adam, psalmodique, parfaitement accordé à la monotone mélodie de la pluie qui ruisselait sur les vitres. Nous étions à peine une dizaine. Il s'était excusé, puis s'était assis à côté de moi, laissant un siège vide entre nous. Dès que le bus avait démarré, la tête appuyée contre un polochon de surplus militaire en toile kaki, il s'était mis à réciter sa biographie, sans vraiment s'attendre à une réaction de ma part.

À l'encontre des attentes de ses parents, tous les deux membres du Parti et fonctionnaires de l'État, il était entré à l'Académie de théologie catholique de Varsovie, en facultés de théologie et de philosophie chrétienne.

« Moins pour les faire chier, que pour voir s'il y avait encore des espaces non contaminés dans ce pays, où réfléchir et discuter librement, avait-il tenu à m'expliquer.

— Et alors ? Y en a-t-il ? »

Il en était convaincu, mais il avait rapidement compris que la réflexion ne suffisait pas. Il lui fallait agir. À Varsovie, une insensée accusation de proxénétisme lui avait pendu au nez. Locataire, dans le quartier malfamé de Praga, d'un spacieux appartement qu'il avait obtenu en falsifiant les signatures de ses parents, Adam s'était investi de la mission de sauver les Marie-Madeleine qui tapinaient en bas de chez lui. Petites paysannes perdues dans une grande ville où elles ne connaissaient personne, mères célibataires, ouvrières rêvant d'une vie meilleure et vite revenues de leurs illusions – Adam les accueillait temporairement avant de leur trouver un lit dans un foyer et une occupation moins risquée. Un jour, il était tombé sur une fille qui rapportait trop à son maquereau pour que ce dernier la laisse partir. Le type l'avait dénoncé à la milice qui n'avait pas tardé à débarquer. En perquisitionnant l'appartement, ils étaient tombés sur quelques écrits clandestins. Adam recopiait à la machine les *Thèses sur l'espoir et le désespoir* de Kolakowski, parues dans la revue de l'émigration *Kultura*. Trois exemplaires reliés à la main avec une ficelle traînaient sur son bureau, destinés à être distribués à la fac. Au final, sans trop savoir en quel honneur, mon ami avait bénéficié d'un traitement plutôt clément – il avait été renvoyé de l'Académie, mais son casier judiciaire était resté vierge. Il y avait vu une opportunité de changer de cap. Lecteur enfiévré de Maslow, de Laing et de Rogers, dont les livres commençaient à pénétrer en Pologne, il s'était engagé dans le travail d'un groupe thérapeutique inspiré par les principes de la psychologie humaniste, tout en préparant les examens d'entrée à la faculté de médecine. Il les avait passés à Wroclaw. Ses formules fétiches étaient : « Acceptation de soi », « Potentiel humain », « Expérience présente », « Auto-guérison », « Communication non verbale ». Adam voyait notre triste « socialisme décaféiné » muter vers un régime qui laisserait une autonomie d'action de plus en plus large aux individus. Tourné vers la vitre du bus et comme happé par la tapisserie de feuilles vertes, il débitait sans discontinuité :

« Il faut exploiter les incohérences du système et créer une véritable résistance civique. Organiser des structures de formation et d'éducation réellement populaires, ouvertes à tous, une presse libre, des expositions, des conférences, des théâtres indépendants... Ce que nous allons faire ici.

— Ici, il y a déjà un chef. C'est lui, et lui seul, qui décide ce que nous allons faire ici », avais-je rétorqué.

*

Je fais semblant d'être un peu plus morte que je ne le suis réellement pour motiver Edward à me dégoter une chambre individuelle. Les gens autour geignent théâtralement dans l'espoir d'abréger leur séjour dans le hall, où un vent froid s'engouffre à chaque passage d'une équipe de secouristes. L'atmosphère de l'hôpital me manque parfois, l'odeur aussi. Nostalgie de l'époque où l'hôpital était mon lieu de travail. Depuis que je dois m'y rendre comme patiente, descendre au sous-sol qui abrite la « salle de shoot », m'installer dans le fauteuil de chimiothérapie à côté d'inconnus, j'abhorre ce lieu et sa puanteur douçâtre. Je me demande aussi de quoi nous avons l'air, Edward et moi, après une soirée passée à picoler. Heureusement, nous avons pu prendre une douche et nous laver les dents. Je ne tiens pas à ce que le bon vieux professeur Bielaszka apprenne mon admission aux urgences avec un taux d'alcoolémie festif. Encore que. Au diable Bielaszka. En son temps, il nous a tous fait tomber à la renverse en prénommant sa chienne Salope après que sa femme l'avait quitté.

C'était il y a dix ans, jusqu'à ce que Salope meure d'une tumeur des mamelles, ce que Bielaszka, en oncologue de réputation internationale, avait très mal encaissé. Alors ? Quel besoin de soigner notre aspect souverain dans un monde qui nous échappe ?

Auteur d'une thèse de doctorat, aussi brillante que controversée, sur la prise en charge de la douleur chez l'enfant, j'avais projeté de révolutionner la pédiatrie. La conviction du monde médical selon laquelle les nourrissons étaient insensibles à la souffrance physique avait encore ses défenseurs prestigieux dans les années 80. Lors d'une conférence d'anesthésistes à Palm Springs en 1970, peu avant ma soutenance, on affirmait publiquement qu'un morceau de ruban adhésif remplaçait à merveille une dose de morphine. À l'Oxford John Radcliffe Hospital, en 1987, on avait opéré des prématurés à cœur ouvert sans anesthésie, ce dont *The Lancet* avait triomphalement rendu compte. Mon travail de recherche avait eu l'avantage de diviser le milieu, provoquer des querelles et m'assurer une célébrité quelquefois embarrassante. J'ai pourtant échoué sur le plan professionnel. Combien de batailles, de superstitions, de négligences et de coups bas m'a-t-il fallu affronter, sans jamais être certaine, en rentrant le soir, de laisser les gamins du service entre de bonnes mains.

Il faut que Edward appelle Olek Lubelski, pour qu'il me branche une pompe à morphine, sinon personne n'y pensera. À six heures du matin, Bielaszka dort certainement, tandis que Olek, un de mes anciens étudiants, est sans doute de service en oncologie pédiatrique. C'est un garçon comme on n'en voit plus beaucoup, dévoué, intelligent, bourreau de travail. Il a suivi mes recherches, non par flatterie mais par intérêt, et m'a inlassablement encouragée à continuer. L'ambition scientifique m'a quittée quand j'ai vu à quelle maigre pratique elle aboutissait. Et encore. Sans Adam je n'aurais peut-être pas eu le courage de faire ce peu que j'ai réussi à faire. Son optimisme était contagieux. D'ailleurs, il s'agissait surtout de détermination, face à laquelle même Le Boss a dû revoir quelques-uns de ses principes.

*

En 1972 il n'y avait pas grand-chose à Brzezinka. En tout cas, pas de commodités, pas d'électricité ni d'eau courante. Une dizaine d'hectares de forêt, un vieux moulin, un étang, un corps de ferme en décrépitude. Grotowski y avait vu le lieu idéal où établir son ashram. On y cuisinait sur le feu, dans des seaux. Et on y mangeait assis par terre ou sur les billots de bois. À notre arrivée, j'avais croisé Le Boss du regard, mais il ne s'était pas arrêté, ne m'avait pas saluée. Les auxiliaires, confidents et domestiques de sa suite, l'entouraient d'un cordon hermétique. On nous a invités à partager une soupe de pois chiches. Le silence régnait autour d'une table improvisée de quelques planches posées sur des supports en briques. Adam s'était assis dans un coin, à mon opposé, me permettant ainsi de l'observer discrètement. Tout en lui était lumineux. On aurait dit qu'il avalait le soleil au petit déjeuner. Les yeux d'un bleu limpide, les cheveux ondulés couleur miel d'acacia, les lèvres roses, charnues, le corps svelte faisaient croire à la fraîcheur éternelle de cet être descendu ici-bas pour illuminer notre existence. Il mangeait avec appétit et avait demandé à quelqu'un de lui passer du pain, sans obtenir la moindre réaction. Suivant l'ordonnance du Boss, la parole était bannie de Brzezinka. Adam avait pouffé de rire, avant de pointer l'absurdité de la règle qui rendait laborieux les gestes les plus banals. Je l'avais ensuite vu en discuter en aparté avec un assistant. Le lendemain, nous étions autorisés à prononcer quelques mots élémentaires pendant les repas.

De mon côté, j'attendais les séances avec Ludwik. Plus la renommée du Boss grandissait dans le monde, moins la sienne en profitait. Ce n'était pas seulement le nom de Flaszen qui disparaissait injustement derrière celui de Grotowski, mais toute sa personne. J'ignorais la nature de leur relation, ne pouvant me fier qu'à leurs apparitions en public. Et bien qu'il n'y ait nullement été forcé par Le Boss, l'effacement de Ludwik me faisait de la peine, tant il paraissait sacrificiel. Pourquoi s'obstinait-il à rester, au lieu de reprendre sa carrière littéraire suspendue depuis plus d'une décennie ? Surtout, je ne voyais pas en quoi il pouvait être encore utile à Grotowski, arrivé en bout de course. Le chemin du « para-théâtre » était une invention de génie pour sauver le génie. Avec le chic propre à tous les grands artistes qui se retrouvent au bord de la falaise, il n'annonça pas la fin de son théâtre, mais du théâtre :

« Le théâtre en soi n'a pas de sens. Cela ne vaut pas la peine de s'en préoccuper, de vivre à travers le théâtre. Ce qui est important, c'est la rencontre. Et le lieu où nous pourrions accomplir ce qui est essentiel pour notre vie. »

La sentence m'avait sidérée. La rencontre essentielle, celle avec moi-même, je l'avais vécue grâce et à travers le théâtre. C'est au théâtre, que ce soit lors des représentations auxquelles j'assistais ou pendant nos stages, que je me sentais libérée de mes attentes, de mes angoisses, de mes devoirs, de mes ambitions, sans que cela suffise, toutefois, pour que je change de voie et m'engage entièrement dans la vie de la troupe. Il n'en était jamais question. Mais il n'était pas davantage question que j'abandonne ce « lieu en moi », auquel le théâtre m'avait donné accès, où rien ne se jouait, au contraire. Les choses de la vie s'y déroulaient avec la force de la certitude. Les correspondances subtiles entre ce que nous éprouvions au quotidien et les destins des héros de papier, incarnés par les corps vivants, aussi sensibles que les nôtres, de ceux qui les regardaient, formaient un univers à part. Hors tout système politique, toute contrainte du réel, toute division. J'aimais sentir cette émotion collective.

Les discours du Boss m'ont déboussolée. Juste après notre arrivée à Brzezinka, les intellectuels polonais avaient rédigé un appel contre la guerre au Vietnam. Au même moment, nous avions découvert la photo de Jane Fonda aux côtés de soldats nord-vietnamiens à Hanoï, auxquels je n'étais pas certaine de souhaiter la victoire. La majeure partie de l'opinion publique polonaise doutait que le Viêt-Cong puisse contribuer durablement au maintien de la paix entre les nations. Edward était farouchement pro-américain et avait accepté avec joie de participer à un voyage de presse à Varsovie où une usine d'État venait de lancer la production sous licence de Coca-Cola. Je m'étais alors demandé à quoi servaient nos palabres dans l'étable. Comment me résoudre à accepter de vivre avec Edward, faire les enfants qu'il voulait, soigner ceux des autres, en partant du principe que l'être humain allait se muer en terreau après avoir servi sous tel ou tel autre drapeau ? Les menaces venaient de partout. Nous vivions sous une tension constante. Le besoin de théâtre – le mien, le nôtre – se nourrissait probablement de cette inquiétude. Et voilà qu'on nous assénait le verdict que « le théâtre en soi n'a pas de sens ». Les paupières gonflées de larmes, je me torturais dans la nuit, que nous passions parfois à la belle étoile, dans le pré derrière l'étable, à l'idée de ne rien retrouver de familier à l'issue de ce stage. Aussitôt Edward m'était apparu comme une possibilité de vie. Comme une option moins dure qu'une chambre universitaire et des repas dans les bars à lait. Pourquoi

Edward et non pas Adam, dont la présence physique, toute proche, depuis des jours, me troublait agréablement et que je recherchais parfois sans me l'avouer ? Je ne sais pas. Mais j'aimais, dans ma relation avec Edward, jusqu'à ce mystère.

Immédiatement après le stage, je l'avais appelé pour lui dire que j'acceptais de me marier avec lui. En cette période estivale, il s'ennuyait ferme à la rédaction, penché sur un article consacré à l'ouverture du consulat américain à Cracovie, suite à la visite de Nixon en Pologne. Passé un long silence, il m'avait avoué avoir presque perdu tout espoir. À ma connaissance, ce fut la seule fois.

« Je te promets de trouver un endroit où vivre à l'écart de tout ce que tu peux lire dans les journaux… Je te le promets, Wanda. »

Je lui avais répondu qu'à chaque instant nous sommes libres de vivre à l'écart de tout ce qu'on lit dans les journaux. Edward n'avait pas paru surpris de ma réponse.

« Depuis ce concert des Stones, tu m'enlèves au monde chaque jour. Cela fait cinq ans, Wanda… comme si j'étais parti en émigration en toi et n'avais qu'un pied sur Terre, un de trop… »

Je lui avais alors proposé de lever également le pied qu'il avait gardé sur Terre et de venir nous rejoindre, Adam et moi, chez Wladek, qui campait tout l'été dans la maison de notre mère à rédiger son mémoire de fin d'études. Edward s'était débrouillé pour prendre deux semaines en août et nous avait apporté quelques bouteilles de Coca-Cola qui lui restaient de son voyage de presse. D'abord sceptiques, nous avons, d'un commun accord, considéré que, mélangé à de la vodka, ça se laissait boire. Mais nous n'abusions pas de l'alcool. Coupés du monde, nous avions passé le plus clair de notre temps à lire, à écouter du jazz, à discuter de notre expérience de Brzezinka, à décortiquer le comportement du Boss et la colère d'Adam, à animer chaque soirée d'un feu où nous jetions des pommes de terre. Je crois me souvenir que nous sommes allés voir *L'Anatomie de l'amour* de Zaluski au cinéma du village, Edward et moi. De retour à la maison, nous avons annoncé notre mariage à Wladek et Adam. Un vin mousseux russe trouvé au magasin du centre avait dû suffire pour fêter l'événement. Adam avait félicité Edward avec un peu trop d'entrain. Leur amitié a mis du temps à éclore, le temps qu'il avait fallu à Adam pour admettre que rien ne me ferait changer d'avis. Il avait été mon témoin, comme je suis devenue le sien. Le témoin de toutes ses déambulations amoureuses, spirituelles et professionnelles, pendant les quarante ans qui ont suivi, dont la dispute qui l'avait opposé au Boss et nous a valu un départ précipité de Brzezinka.

*

Il était prévisible qu'Adam prendrait plaisir à tenir la dragée haute à Grotowski. Je l'avais senti dès leur premier échange. S'agissait-il d'un petit jeu de pouvoir ? Peut-être. Un jour, au retour d'une course folle dans la forêt, j'assistai à une scène saugrenue. Faisant partie d'un autre groupe que le mien, Adam se tenait devant Le Boss et criait d'une voix éraillée :

« Ce n'est pas seulement insensé, c'est totalement irresponsable ! Pourriez-vous me dire qui nous sommes à vos yeux ? Qui vous a donné le droit d'expérimenter sur les gens ? Parce que vous n'avez pas la moindre idée, pas même un vague pressentiment, de ce que vous faites ! Comment expliquez-vous ce qui vient de se produire ? »

Sur un ton catégorique, mais dépassionné, Le Boss lui avait répondu :

« Je suis le programmateur des actions. Et vous êtes supposés les exécuter. »

Visiblement hors de lui, Adam continuait de vociférer à l'adresse de notre gourou, muré dans une posture à la limite du mépris.

« Vous pouvez vous carrer vos théories là où je pense ! Vous êtes un pauvre con ! Un handicapé émotionnel ! Tous vos discours savants, tous vos laïus interminables sur la rencontre, la vérité, le changement du monde, la fraternité, sont juste des conneries sectaires qui vous permettent de manipuler les gens. En réalité, vous, vous êtes... vous êtes un frustre imposteur ! »

La tension est montée d'un cran. Je m'étais approchée d'Adam. Sérieusement amoché, visage griffé, il renvoyait néanmoins ce quelque chose d'infiniment solaire qu'il portait en toute circonstance.

J'ignorais la cause de l'altercation. Le Boss avait bâti son projet para-théâtral en jouant sur l'ambiguïté du verbe « découvrir ». Se découvrir, nous avait-il expliqué un soir autour du feu, signifie « se retrouver », en découvrant justement ce qui était jusque-là enfoui, caché, dissimulé, en chacun d'entre nous.

« Si vous voulez vous découvrir, vous devez vous dé-couvrir, donc vous dévoiler, démasquer, désarmer. Être, tout simplement, tels que vous êtes, entiers... »

Grotowski sans masque, nous ne l'avions pourtant jamais connu. Ou peut-être quand, sans répondre à Adam, il avait tourné les talons et s'en était allé d'un pas de promenade vers son quartier général dans l'ancienne écurie.

« Surtout ne vous donnez pas la peine de vous expliquer. Vous êtes bien au-delà de nos préoccupations vulgaires... », lui avait lancé mon ami.

Puis, à son tour, il était parti vers le baraquement d'où il était ressorti avec tout son barda, fulminant. De mon côté, j'interrogeais Ludwik.

« Peu importe ce qui s'est passé, mais dire que nous n'avons pas le droit de le questionner sur ce qu'il nous fait faire est inacceptable. Vous le comprenez, n'est-ce pas ? »

Ludwik avait poussé un léger soupir. Piquée par je ne sais quelle mouche d'amour-propre ou de ras-le-bol, je lui avais fait mes adieux, précisant qu'il pouvait toujours me contacter au cas où il aurait besoin d'ordonnances pour lui-même où pour Le Boss. Muet, Ludwik avait acquiescé d'un hochement de tête. J'ai crié à Adam de m'attendre.

Nous marchions en lisière de la forêt dans l'espoir de tomber, à un moment ou à un autre, sur une voiture qui nous rapprocherait d'un arrêt de bus. Adam coupa inopportunément un agréable silence qui me permettait de ne pas penser.

« Tu n'étais pas obligée de partir.

— D'où viennent ces griffures ?

— Je ne sais pas ce qui s'est passé. Personne ne le sait. Nick, cet Américain qui se tenait toujours à l'écart... Je crois qu'il a voulu m'étrangler. Cela ne se voit pas encore mais demain j'aurai des bleus sur le cou... »

Après une série d'exercices corporels dans la forêt, Nick s'était mis à crier que l'énergie d'Adam l'avait paralysé. Puis il était tombé en catalepsie, au beau milieu de la phrase, pour finir par se ruer sur mon ami dans un accès de violence difficilement maîtrisable. Secoué, Adam rapportait l'histoire avec un fond de colère, tout en me questionnant sur les causes éventuelles de l'égarement de Nick. S'agissait-il d'un déclenchement de schizophrénie ? J'ai esquivé la réponse, qui dépassait mes compétences.

« Si Le Boss n'a pas commis d'erreur, que fais-tu avec moi ? »

Je n'eus pas le temps de répondre. Adam m'a saisie par le bras, attirée vers lui et embrassée. De surprise, je me suis laissé faire. Son espoir a duré le temps que je lui explique ma situation personnelle, l'engagement informel mais néanmoins sérieux envers Edward, l'envie d'avoir une maison et le besoin de poursuivre la voie indiquée par Grotowski dont j'escomptais tirer les bénéfices dans mon travail avec les enfants, comme dans mon quotidien.

« Comment envisages-tu de concilier ces projets ? », m'a-t-il demandé sans vraiment s'attendre à une réponse de ma part.

J'avais envie de répondre. J'avais envie de lui dire que j'envisageais de ne plus résister aux tentations ni aux défis. J'avais envie de lui expliquer que, jusqu'à présent, ma vie était le résultat d'un nombre incalculable de compromis, d'accommodements, d'ajustements indolores et de concessions regrettables mais, qu'en somme, cela me ressemblait, contrairement à toute forme de radicalité dans laquelle je n'avais jamais su me retrouver. J'avais envie de lui dire que je me plaisais à être partagée et qu'il pouvait y entrevoir la possibilité d'une relation entre nous. Une petite pluie était venue se mélanger au soleil onctueux du début d'après-midi, moment chargé d'une grande beauté, quand parler de la vie n'a plus eu aucun sens. Il fallait la vivre. Le temps m'a donné raison. Nous avons passé, Adam et moi, des années à discuter, mais jamais après cela je n'ai vécu un début d'après-midi aussi splendide.

*

Parfois, j'entends ma vie comme un train qui vient de dérailler et poursuit sa trajectoire déjantée sans que quiconque s'en aperçoive, alors qu'accrochée à mon siège, j'anticipe, impuissante, la collision finale. Cet écho de la petite apocalypse a probablement sa source dans un souterrain sentiment de culpabilité. Je n'ai pas souffert de la faim. Je n'ai pas été contrainte d'effectuer un travail ingrat pour gagner ma vie. Je n'ai eu à servir ni un homme ni un dieu, lot de trop de femmes dans beaucoup d'endroits du monde. J'ai eu deux accouchements faciles et deux filles futées, sensibles, jolies. En somme, je n'ai pas vraiment souffert au cours des soixante-huit années de ma vie. Même à présent, sous perfusion, exposée à l'odeur de désinfectants bactéricides, je jouis d'une chambre individuelle avec vue sur une rue bordée de châtaigniers, que mon cher Edward a probablement obtenue en graissant la patte d'une infirmière. Le long des couloirs gisent les malades qui n'ont pas épousé un député et n'ont pas fait médecine. Et comme si ce n'était pas assez, je me plais à penser que je dois me préparer à être, plutôt qu'à disparaître, le sort tristement réservé à ceux qui ne croient qu'en ce qu'ils voient.

Il y a une volupté molle attachée à chaque maladie grave, dont on parvient à maîtriser les accès douloureux, une volupté due à la perte de la notion du temps, à la paresse autorisée, à l'indifférence vis-à-vis des manifestations intempestives du quotidien. Quel bonheur que de ne plus avoir le goût de lire les journaux. Quand j'y pense… Cette folle énergie que je déploie à la recherche de l'essence de la vie, alors qu'elle est probablement toute là, illustrée par la posture d'Edward, qui roupille les fesses enfoncées dans le fauteuil en similicuir et la tête posée sur mes pieds. Je bouge les orteils et il se frotte le nez contre la couverture, ensommeillé mais vigilant.

« Wanda, tu m'as pris en flagrant délit ! J'espère que je n'ai pas ronflé, dit-il, en se recoiffant du plat de la main.

— Quel jour est-on ?

— Jeudi », répond Edward, déjà droit sur son siège à consulter sa montre. « 17 h 16… Et pour devancer ta prochaine question, oui, tu es à l'hôpital depuis un jour et demi.

— Ce qui veut dire que tu ne t'es pas présenté à Strasbourg en temps et en heure.

— Ne t'inquiète pas ma jolie, il y a suffisamment de crétins qui se présentent à Strasbourg en temps et en heure pour rendre mécontents tous les citoyens européens. Je leur fais confiance.

— As-tu pu retrouver Olek Lubelski ?

— Oui », confirme Edward timidement, avant de se rétracter. « Non. Enfin, j'ai trouvé son service. Lui, il est en congé. Mais par hasard, un autre de tes anciens étudiants le remplaçait et, du coup, j'ai pu lui parler de la morphine.

— Sauf qu'il ne m'a pas branchée, cet autre étudiant. Comment s'appelle-t-il ?

— Warski. Tu dois sûrement te souvenir de lui, parce que d'habitude les gars avec un tel gabarit travaillent dans les mines ou dans les forces spéciales, pas en pédiatrie. »

Vlan ! Surprise pour surprise, celle-là en est une. Comment Konrad a-t-il osé se présenter comme mon ancien étudiant, au lieu de simplement confirmer l'absence d'Olek Lubelski ? Existe-t-il pire supplice que celui d'être soumise, sur son lit de mort, à un examen médical effectué par un ancien amant ?

« Bien sûr que je me souviens de Konrad Warski. Non pas en raison de sa carrure mais de son intelligence. Il était parti faire sa thèse aux États-Unis. Je le croyais toujours là-bas. Que m'a-t-il fait, au juste ? »

J'essaye de garder un ton neutre, alors que tout tremblote en moi comme chez une demoiselle.

« Eh bien, il m'a demandé si je ne voyais pas d'inconvénient à diminuer la morphine, en la compensant par de l'acupuncture. Je lui ai dit que non et il s'est mis à te piquer les pieds, après quoi tu t'es endormie paisiblement. Il fera une nouvelle séance ce soir. Cela pourrait être une bonne chose que de profiter de ses services, tu ne penses pas ? Enfin, tu as eu le chic d'attraper une pneumonie, alors il faut te soigner. Ils veulent te garder au moins une semaine. »

Je scrute les marques de fatigue qui cernent les yeux d'Edward d'un fard grisâtre. Il a les traits froissés et s'efforce de réprimer le gargouillis de son ventre vide. La situation devient scabreuse dans la mesure où il me sera impossible de supporter la présence d'Edward et de Konrad dans la même pièce. Il ne me reste que la persuasion. Je m'applique à afficher une confiance excessive dans les soins hospitaliers et incite Edward à prendre congé.

« Puisque je suis en bonnes mains, tu devrais rentrer et te préparer un dîner copieux. Et ne force pas sur la bouteille. Maintenant va, sinon on croupira ici tous les deux... »

Il résiste, court me chercher des bananes biologiques, une brioche au pavot, quelques pots de compote premier âge et refuse de m'apporter des cigarettes, comme si elles allaient me tuer sur le coup. Une demi-heure plus tard, il revient avec un bouquet de mimosa en plus, dont le parfum embaume la chambre, trompant l'odeur de ma décomposition. J'évalue mes forces, me demande si je ne risquerais pas une douche après que Edward sera sorti. Sans l'aide d'une infirmière, l'entreprise me paraît casse-cou. Je me limite à établir la liste des affaires à m'apporter, sans oublier une chemise de nuit et un peignoir. Edward se concentre, à croire qu'on lui demande de rédiger une directive sur le marché des instruments financiers, pose des questions, exige des précisions – quel peignoir, quelle chemise de nuit, chaussettes ou pas de chaussettes. La nuit tombe. Konrad quitte son service dans l'aile Est de l'établissement, se dirige vers le hall principal où il achète une barre chocolatée au kiosquier de l'entrée et l'avale vite fait en inspirant des bouffées d'air frais à pleins poumons. À moins qu'il ne se presse d'aller rejoindre sa famille. Peu probable. À cinquante ans, les hommes ne se précipitent pas pour regagner leur foyer. Edward m'en dirait autant si je lui posais la question. Il enfile sa veste forestière imperméable, m'embrasse comme on embrasse les vieilles femmes malades, avant de mettre son chapeau et de fermer doucement la porte derrière lui.

Que faire de ce temps, habité par l'attente d'une visite qui ne devrait pas avoir lieu ? Revoir quelqu'un après vingt ans n'a rien de plaisant, tant il est vrai qu'on se revoit soi-même en plus vieux et en plus désabusé. Pire encore quand il s'agit d'une ancienne relation intime, et que surgit la tentation de faire le bilan : a-t-il réussi ou pas sa nouvelle liaison ? Tiens, il n'a pas l'air si accompli. Et ce léger embonpoint, ne trahit-il pas une vie domestique dépassionnée, routinière, condamnée à durer ? Nous finissons tous par courtiser la stabilité somnifère d'une longue union conjugale. Nous rendons les armes avec soulagement. Les palpitations d'antan reviennent tout au plus pendant les nuits d'insomnie avec un vague sentiment d'inquiétude – celui d'une vie finie. Je n'en suis pas là.

*

Je ressemble à une peinture élégiaque de Gerhard Richter. Je plairais à Gabriela qui affectionne cet

Allemand dont nous sommes allées voir une exposition à Bâle, où elle m'a plantée au bout d'une demi-journée pour partir en train vers l'Italie, tant la Suisse l'insupportait. « Ce pays sent le beurre rance ! », m'avait-elle dit en guise d'excuses, avant de disparaître dans la porte automatique d'un express Basel SBB – Milano Centrale. En revanche, je doute que Konrad soit adepte de l'abstraction. Quoique rien ne m'autorise à me prononcer sur ses goûts artistiques. Je ne les connais pas. La grande toile suspendue dans le salon de son appartement de la rue Saint-Marc lui était revenue en héritage, au même titre que les meubles et l'odeur de lavande mélangée à celle du bois de cèdre. Elle représentait un paysage hivernal, en tout point semblable aux paysages de Julian Falat, à mi-chemin entre réalisme et impressionnisme. Dans sa chambre, en revanche, il y avait une affiche des Dead Kennedys punaisée au mur, la même que Gabriela avait scotchée au-dessus de son bureau. J'entretenais une liaison avec un homme qui partageait la passion du punk rock avec ma fille de quatorze ans. Ce qui me frappait à l'époque, c'était la propension des jeunes de bonne famille à se noyer dans la subculture et le grunge, dont on craignait qu'ils ne les empêchent de s'insérer dans le marché du travail. Il n'en fut rien. Avec ses tempes rasées et une longue frange qui lui cachait la moitié du visage, Konrad avait brillamment réussi sa spécialisation en oncologie pédiatrique, tout comme ma folle de fille avait fini par obtenir son diplôme. Il était tout de même curieux d'observer le degré de leur abâtardissement programmé, ce rejet frontal et insolent de la haute culture, des bonnes mœurs, des convenances, sans parler de tout ce qui pouvait avoir ne serait-ce qu'un vague rapport avec le patriotisme ou les valeurs chrétiennes, dont le respect avait été inscrit, à peu près au même moment, dans la Constitution polonaise.

« Je me demande ce qui peut bien vous plaire en moi ? », avais-je demandé à Konrad, quand il avait essayé de m'embrasser la première fois dans sa voiture, alors qu'il s'était proposé de me raccompagner après un dernier cours.

« Vous êtes la seule femme que je connaisse qui porte des bas et des talons hauts », m'avait-il répondu sans réfléchir, trahissant de la sorte son conservatisme.

*

Et dire qu'à présent, je ne suis même plus en état d'enfiler une paire de charentaises. Quelqu'un frappe à la porte. J'essuie mes mains moites contre le drap et lance un « Entrez ! ». J'entends la porte s'ouvrir. Je tourne le regard vers la fenêtre, feignant l'indifférence.

« Ma sœur, je suis le père Julian. Voulez-vous que nous priions ensemble ou… »

Une voix faussement affectueuse, flûtée, jeune, me parvient comme d'un au-delà.

« Bonsoir monsieur », je lance, accentuant expressément les syllabes du mot « monsieur » et me retenant de jeter un œil sur la soutane dûment repassée, couronnée d'une tête blondine.

« Je n'ai qu'un frère et de toute évidence ce n'est pas vous. Alors je ne comprends pas pourquoi vous cherchez à m'intégrer à votre bergerie. J'ai en horreur les fermes collectives. Si j'avais besoin de prier, je me serais débrouillée sans un fonctionnaire de l'Église et je parie qu'on m'aurait parfaitement entendue là-haut. Ne faites pas cette mine, voyons… Je ne suis pas non plus une bouffeuse de curés. »

Sous ses airs d'apprenti curaillon, le jeune homme, qui se tient droit devant mon lit, paraît désabusé comme un vieil évêque. Il serre un exemplaire du Nouveau Testament contre sa maigre poitrine et se mordille nerveusement les lèvres.

« Mais enfin, ils ne vous ont quand même pas dit au séminaire que votre baratin marcherait à tous les coups, si ? Ne vous découragez pas. Prenez une banane, ça donne des forces. »

Je m'emporte un peu car son attitude de chien battu m'y pousse. Si au lieu de rentrer directement chez lui, Konrad venait à son tour frapper à la porte de ma chambre, un imbroglio serait inévitable. Dans une ultime tentative de sauver les meubles, le petit curé me répond timidement :

« Il n'y a rien de mal dans le fait de prier.

— Je ne dis pas le contraire. Mais vous conviendrez qu'il faut y croire. Sinon c'est du temps perdu et… »

Avant que j'aie le temps de terminer ma phrase, la porte s'ouvre discrètement et j'entends Konrad frapper contre le mur. Je ne le vois pas mais je sais que c'est lui. Sinon pourquoi mes mains s'agiteraient-elles sur la couverture, sans que je sache comment les calmer.

« Entrez, je vous prie », dis-je, tendant une banane au prêtre, alors dans la plus grande confusion d'esprit.

Konrad entre et remplit tout l'espace, en aspirant le petit curé qui disparaît dans son ombre, tel le pauvre Jonas dans le ventre de la baleine.

« Bonsoir, docteur. Monsieur s'en allait justement. »

Je chasse le jeune homme avec son livre et sa banane, dont il n'ose pas se dessaisir. Embarrassé, il tourne sur lui-même avant de se diriger vers la porte. Alors que ses deux mains sont occupées, il se signe maladroitement et bredouille :

« Je repasserai demain si... Voilà... Que la bénédiction du Seigneur descende sur vous...

— Merci, c'est gentil. Je vous dirai demain si elle est descendue. Au revoir. »

Quand la porte claque, Konrad tire une chaise, s'assoit tout près du lit, me saisit les poignets pour les embrasser doucement, puis y pose sa tête et reste ainsi. Dehors, la ville hurle, klaxonne, s'agite. Les gyrophares des camions du Samu projettent des flammes orange et jaune sur le plafond de ma chambre. J'observe avec indifférence ce soleil psychédélique et ne trouve pas les mots pour exprimer quoi que ce soit. Qu'y a-t-il à dire, par ailleurs ?

Je libère ma main, passe les doigts dans les cheveux de Konrad, encore épais mais parsemés de mèches argentées. La perfusion m'empêche d'aller plus loin, de caresser son cou dont quelques centimètres apparaissent au-dessus du col de sa blouse blanche.

« Je parie que tu t'es entretenu avec ce menteur de Bielaszka. Il m'avait dit sept mois, ce qui est peu probable. En réalité, il me reste combien ? »

Konrad me répond sans lever la tête.

« La moitié.

— N'aurais-tu pas une cigarette à m'offrir ?

— Si. »

Je retire ma main de ses cheveux, tandis qu'il me regarde droit dans les yeux avec un mélange de dépit et d'affection. Il lâche mes poignets, déploie une couverture supplémentaire dont il m'enveloppe soigneusement, puis ouvre la fenêtre. L'air froid et chargé d'une odeur d'essence pénètre dans la chambre. Konrad allume une cigarette et me la passe. La première bouffée me cogne le cerveau, la deuxième m'arrache une toux spasmodique, plus douloureuse qu'une ponction lombaire. Il m'aide à me hisser sur l'oreiller, m'enferme dans ses bras et me serre contre lui comme un nourrisson dont on attend qu'il fasse son rot. Je lui crache sur l'épaule, m'essuie contre sa blouse et parviens tout au plus à articuler un « excuse-moi ». Nous restons immobiles un moment. Je reprends mon souffle. Puis, soudain saisie d'un doute, je réitère ma question.

« Vraiment la moitié ou la moitié de la moitié ?

— Vraiment la moitié, si tu es sage. J'ai lu le dossier.

— Donc la moitié de la moitié... »

J'exclus sur-le-champ l'hypothèse de passer les deux derniers mois de ma vie dans un état semi-comateux, confiée à une unité de soins palliatifs. Il faut que je me prépare à être, ce qui semble d'emblée compromis si je reste en milieu hospitalier. On ne guérit pas de la mort, mais on peut la transgresser. Sauf que ce n'est pas ici que ça se passe.

Konrad ferme la fenêtre. Il est devenu plus massif avec l'âge, ses épaules sont légèrement tombées, bien qu'il ait gardé une allure sportive et le ventre plat.

« Tu t'entraînes toujours...

— J'ai tout largué à part la natation, trois fois par semaine à la piscine municipale, aussi pourrie qu'il y a trente ans. Le chlore me procure le sentiment d'une jeunesse éternelle, lance-t-il, noyant sa confusion dans un rire forcé.

— Ça me fait plaisir de te voir en forme. Mais je ne te poserai pas de questions, bien que je m'interroge sur les raisons qui t'ont poussé à rentrer en Pologne. En tout cas, il y a au moins une personne ici sur laquelle tu peux compter. Cette crapule d'Olek Lubelski n'a pas pipé mot, alors qu'il m'appelle régulièrement depuis qu'il a appris que je suis malade.

— Je sais. Je lui ai demandé de ne pas t'en parler. De même, il ne m'a rien dit te concernant. Je ne l'ai su qu'hier, par ton mari. Dire qu'on prenait Cracovie pour le trou du cul du monde… Je suis rentré il y a deux ans et jamais personne ne m'a informé de ton cancer. Seule une poignée de gens semblent être au courant. Tu t'es bien débrouillée. »

Konrad marche de long en large, tout en parlant. Je me demande s'il éprouve du dégoût et si après avoir donné le maximum, il pense en rester là. Je n'en serais pas choquée.

« Tu dois être fatigué. Je ne te retiens pas. Nous aurons tout le temps de discuter, maintenant rentre, s'il te plaît.

— Je ne suis pas pressé, Wanda. Comment t'es-tu sentie après l'acupuncture ? »

Je perds toute assurance face à ce qui me semble être une sorte de pitié bienveillante. Konrad s'en aperçoit car il s'arrête de marcher, s'éclaircit la gorge, puis me sourit mais avec les yeux humides.

« Tu m'as largué du jour au lendemain, avant que j'aie eu le temps de débander. Alors excuse-moi, Wanda, je ne sais pas comment faire pour ne pas paraître affecté ou perfide. Tu m'as fait vraiment mal, comprends-tu ? Que cela remonte à une petite éternité n'y change rien. »

Après la visite du curé, cette mise en accusation inattendue de Konrad me donne à penser que l'heure du Jugement dernier a sonné. Je m'étonne néanmoins qu'il ait gardé sa rancune bien au chaud pendant tout ce temps. Comme s'il avait pu imaginer un autre dénouement à l'histoire d'un apollon de vingt-cinq ans et d'une mère de famille. Qu'attend-il à présent de moi ? Que je lui présente mes excuses ?

« Konrad, quoi que je puisse dire, ce serait avec deux décennies de retard. Sans parler du fait qu'il est midi moins cinq... »

Il bredouille « pardon », n'ayant pas compris mon allusion ou, au contraire, contrarié de l'avoir trop bien comprise.

« Dans cinq minutes je serai morte, alors je ne vois pas à quoi pourrait servir cette discussion. Vois-tu ce qui se dessine devant... ? », je lui pose la question, en désignant vaguement le mur blanc en face de mon lit. Il me répond, confus et énervé à la fois.

« Où "devant" ? Mais il n'y a rien devant...

— Bah justement, il n'y a plus rien devant moi. Mais toi, tu peux t'asseoir, sortir d'ici, partir en week-end, aller nager, faire l'amour à ta femme, que sais-je encore... Je n'entrave pas ton existence. Pourquoi t'entêtes-tu à regarder en arrière ? Ne perds pas ton temps à parler au fantôme que je suis devenue, alors qu'autour il y a des vivants. J'espère que tu n'es pas venu pour régler des comptes. Je serais très déçue.

— Je suis venu, comme toi tu serais venue si j'avais été à ta place. Et je n'avais pas prévu que tout cela remonterait. J'aimerais que tu me dises pourquoi tu m'as jeté de cette manière, c'est tout.

— Parce que je n'ai pas pu faire autrement.

— Tu n'aurais pas pu me donner un rendez-vous et me le dire en face au lieu de laisser un message sur mon répondeur ?

— Il paraît que maintenant on règle ce genre d'histoires par mail ou sur les réseaux sociaux… »

J'ouvre mes yeux mi-clos en sentant ses mains se poser sur mes pieds, qu'il commence à masser avec application. Une agréable chaleur monte le long de mes mollets. Il soupire, tourne le regard vers la fenêtre.

« Mais pas toi… Toi, tu n'étais pas du genre à régler ça par téléphone. Parfois, je me dis que je ne serais probablement pas parti en Californie si tu avais rompu moins brutalement. »

Si j'en avais la force, je poufferais de rire.

« Là, tu es en train de me faire payer la note d'un repas que je n'ai pas consommé. J'ignore ce que la Californie vient faire là-dedans. N'importe quel étudiant en médecine aurait été content d'une telle opportunité. Et pleinement méritée dans ton cas… Tu étais bon, passionné, et tu voulais apprendre. Tu es parti parce que c'était la meilleure chose à faire et non pas parce que j'ai rompu par téléphone. Enfin, Konrad, on dirait que tu traverses une crise d'adolescence !

— Je n'avais pas envie de partir. Et puis je n'avais pas envie de rester là-bas.

— J'imagine qu'on ne t'y a pas retenu de force pendant toutes ces années… Maintenant sois gentil, changeons de sujet. »

Je prononce la dernière phrase sur un ton qui se veut conciliant, en ajoutant un compliment sincère :

« Tu me soulages beaucoup. Tu as un vrai talent de masseur. »

Konrad déplace ses doigts vers mes talons, effectue de légères pressions.

« Cela n'a rien à voir avec un talent, c'est un savoir. Et je le tiens de ma femme. Plus précisément, de mon ex-femme. »

Je me garde de faire des commentaires. L'éventualité que Konrad s'apprête à me raconter sa vie m'ennuie profondément. Je ne veux rien en connaître. Si j'étais susceptible, je m'offusquerais ouvertement de cette grossièreté qui le pousse à me considérer d'ores et déjà comme une tombe où on peut déverser ses tracas et ses états d'âme avec l'assurance qu'ils y resteront enfouis à jamais. Alors même que je me projette plutôt dans le mouvement et, quitte à métaphoriser, pourquoi pas en voyage…

« J'ai tué un enfant là-bas. Voilà pourquoi je suis rentré. »

Il s'étouffe. Sa dernière phrase expulsée, il happe bruyamment une bouffée d'air, à deux doigts, me semble-t-il, de fondre en larmes.

« Konrad, c'est indécent… »

Je décide de l'arrêter, avant qu'il ne regrette d'en avoir trop dit, à supposer que ce ne soit pas déjà le cas.

« Je comprends… Si j'avais rompu dans un café et non pas au téléphone, tu ne serais pas parti, tu n'aurais pas tué un enfant, ni ne serais divorcé ou en train de t'occuper de mes pieds... »

Vaguement surpris d'entendre le résumé de son délire, Konrad délaisse mes pieds, qu'il couvre soigneusement, et se tourne vers moi, sans oser croiser mon regard. Il ouvre la fenêtre pour allumer une nouvelle cigarette.

« Tu as raison, c'est indécent. Mais, dès le début, dès les premières heures après l'accident, j'ai pensé à toi avec le sentiment que tu aurais été la seule personne au monde capable de me dire quelque chose de sensé. Non pas dans le but de me déculpabiliser... Jia, ma femme, parlait beaucoup des conséquences, des frais d'avocat, de notre assurance, de la nécessité de préserver nos fils, de la meilleure conduite à adopter, sans jamais revenir aux faits ni à mon implication. Je n'ai jamais vraiment parlé avec quelqu'un de ce qui s'est passé, même pas avec la psy qu'on m'a collée d'office sur le dos et que j'ai baladée pendant des mois, content après chaque séance de ressortir avec une nouvelle boîte de calmants... »

Konrad débite comme s'il avait peur que je disparaisse, me dissolve, m'évapore, le condamnant à porter seul son fardeau. Il n'a pas tort de se presser car, prise en otage de son récit, j'ai envie de le fuir. M'échapper vers cette autre vie, qui m'attend ailleurs, et à laquelle je ne cesse désormais de songer.

« Comment peux-tu raisonnablement espérer que j'aurais trouvé les mots au sujet d'une affaire tragique dont j'ignore tout ? Il y a des situations qui nous condamnent à une solitude vertigineuse. La supporter avec dignité, excuse-moi pour le gros mot, fait partie de la repentance, si c'est ce que tu cherches…

— À quoi bon alors appartenir à l'humanité, s'il faut se débrouiller seul.

— L'humanité ? Ça n'existe pas, l'humanité. Seuls les humains existent.

— Je me fous de la théorie, de la philosophie ou de tes pseudo-axiomes. Je voudrais que tu m'écoutes !

— Tu me fatigues. Il n'y a aucune raison pour que je t'écoute. Nous ne nous devons rien du tout. Tu es libre de l'accepter ou pas. Mais je ne te permets pas de t'imposer ainsi ni d'abuser de la situation. »

Il me regarde brièvement, avec une soudaine lueur dans les yeux. J'espère qu'elle le dissuadera de se livrer à une séance d'autothérapie, mais bientôt cette même lueur se dissipe dans une sorte d'affolement, accentuée par le mouvement de sa tête, de droite à gauche, de gauche à droite, comme s'il essayait de la détacher de son tronc.

« Excuse-moi. Je suis à la masse. D'ordinaire je gère bien, ton apparition a dû déclencher quelque chose… C'était tellement incongru, ton mari qui se présente devant moi… Mais je ne comprends pas en quoi mes confidences pourraient te déranger, si effectivement tu te diriges vers le vide… S'il n'y a rien devant toi… En quoi abuserais-je en te demandant de te charger de jeter mes ordures de l'autre côté ? »

Il me faut un temps avant de réagir à la dureté du propos. Par crainte qu'il n'y ajoute une autre énormité, je m'y résous pourtant. Konrad se balance sur sa chaise, qu'il rattrape juste à temps pour ne pas se retrouver par terre.

« Tu es odieux. Et non, je ne m'occuperai pas de tes ordures. J'ai les miennes. Tout le monde en a. À chacun de s'en débarrasser selon ses moyens. En son temps, ma fille enfermait ses démons dans des bouteilles. Tu devrais essayer…

— Ah, c'est vrai, ta fille aînée… La chiante. Je ne te demande pas ce qu'elle est devenue. D'habitude les chiantes s'en sortent pas mal, surtout quand elles sont jolies, me répond-il sans avoir la moindre idée du rôle de Gabriela dans la fin de notre liaison.

— Il faut que je me repose. Je n'ai aucune volonté de t'aider donc tu n'obtiendras rien de moi. Au revoir, Konrad. »

La scène m'affecte au point que j'appréhende de ne pas trouver le sommeil. Mais Konrad abdique enfin, lessivé lui aussi. Il se lève lentement de la chaise, tire le store vénitien que je lui demande de laisser ouvert, le règle à nouveau, se tourne vers moi, sort un petit boîtier métallique de la poche de sa blouse. Secoué, le boîtier émet un petit son argentin. Il en sort une longue et très fine aiguille qu'il coince entre le majeur et l'annulaire.

« Je ne suis pas venu avec une autre intention que celle de te soulager. La preuve… Cela te permettra de passer une bonne nuit.

— Après ta performance remarquable, je m'attendais à ce que tu sortes un marteau-piqueur plutôt qu'une aiguille. Je te remercie, ce sera une autre fois.

— Maintenant c'est toi qui fais ta crise d'adolescence… S'il te plaît, Wanda. »

Je cligne les yeux pour lui signifier mon accord. Me laisse docilement manipuler, écoute couler l'eau du robinet dans la salle de bains quand il y passe se laver les mains. À l'aide de la télécommande, je règle la hauteur de la tête de lit afin de me mettre en position couchée. Je ne sens même pas la première piqûre, seulement le froid du coton désinfectant dont Konrad tamponne mon pied. Qu'a-t-il fait à cet enfant ? Un accident du travail, de voiture, domestique ? Quel gâchis. Et dire qu'un dieu autorise de telles horreurs. Si seulement Konrad savait que j'ai failli être à sa place, il n'oserait pas se montrer hideux à ce point. Surtout que Gabriela n'était pas « un » enfant, elle était mon enfant.

*

Ma fille aînée a une source obscure. Je ne saurais pas expliquer autrement ses excès, son mal-être endémique, son étrangeté, dans lesquels Edward ne se reconnaît pas. Il ne s'y cherche pas non plus, résigné devant l'énigme que représente à ses yeux Gabriela. C'est donc avec un soulagement à peine dissimulé qu'il a accueilli sa décision de s'installer définitivement en France, à la fin de ses études aux

Beaux-Arts de Paris. Pour ma part, j'étais atterrée. Hostile à un diagnostic définitif, le psychiatre de Gabriela, qui la suivait depuis sa prime adolescence, nous avait préparés au danger de « récidives », se référant à ce que la médecine appelle pudiquement « conduite à risques ». Edward avait réagi avec colère à cette annonce, quand bien même il essayait de la canaliser dans l'attitude raisonnable d'un bon père qui accuse le coup. Petit à petit il avait transféré tout son capital affectif sur Marta, notre seconde, devenue en grandissant son avatar prodigieux. Aussi ambitieuse que décontractée, sa « fille américaine » comme il l'avait surnommée dès qu'elle s'était posée aux États-Unis – d'abord sur la côte Ouest, ensuite à New York – thésaurise désormais l'ensemble de ses attentes. Naturellement hors course pour la succession de ses affaires, Gabriela a ainsi cessé de causer du souci à Edward, lequel a fini par nouer un semblant de relation paternelle avec elle. En réalité, nous savions peu de notre fille. Avouer que nous en savons toujours aussi peu ne me soulage ni ne me console. Longtemps je me suis reproché d'avoir trop vite cédé au souhait d'Edward de quitter Wroclaw et de nous installer à Cracovie, près de sa famille.

Jadis capitale de la bohème polonaise, la ville luttait également pour préserver son caractère fièrement traditionaliste, mi-bourgeoise mi-patricienne, avec son culte des bonnes familles, des bonnes écoles, des bonnes manières, et son goût assumé des processions religieuses. On s'y est vite sentis cloîtrés. Gabriela recourait à des ruses de plus en plus sophistiquées pour éviter d'aller à l'école où on lui faisait clairement comprendre qu'elle était une étrangère. J'avais alors pensé qu'à Wroclaw, elle n'aurait pas eu à conquérir sa place en plus de se faire accepter telle qu'elle était – à la fois caractérielle et introvertie, au point de paraître asthénique. Je la vois encore, recroquevillée sous la grande table de la salle à manger, concoctant les figurines d'un théâtre de marionnettes auxquelles il manquait toujours un membre ou un œil, si par chance elles représentaient des êtres humains et non pas des monstres ou des animaux fantastiques. Au demeurant, la mythologie grecque était sa première source d'inspiration, avant qu'elle ne s'en détourne complètement, déçue par l'absence d'une réponse précise concernant l'apparition des premiers hommes. Elle avait néanmoins contraint sa petite sœur à labourer le jardin en long et en large après qu'elle avait entendu que, selon les anciens Grecs, notre espèce était sortie directement de la terre. J'aurais dû plus scrupuleusement analyser son inaptitude à distinguer la réalité de la fiction, au lieu de lui proposer les récits du *Mahâbhârata* en compensation. Subjuguée par l'histoire de Kali, la terrible épouse de Shiva, coupeuse de têtes et prédatrice de démons, Gabriela s'était employée à couvrir les murs de sa chambre de dessins d'une femme à la peau bleue et à l'interminable langue rouge.

« Peut-être mangera-t-elle aussi mon démon, quand je dormirai… », nous avait-elle dit en guise d'explication.

Énervée, je lui avais garanti qu'il y avait un moyen infiniment plus simple et efficace d'attraper son démon que de compter sur l'action de Kali : souffler dans une bouteille vide qu'il fallait ensuite s'empresser de bien fermer. En un rien de temps, la chambre de Gabriela s'était remplie de récipients en verre de formes diverses, qu'elle n'hésitait pas à extirper des poubelles des voisins si elle n'en trouvait plus à la maison. Même sa terrible crise d'hystérie, déclenchée par la maladresse de Magda, notre femme de ménage, qui avait cassé une vieille carafe fermée à l'aide d'un chewing-gum mâché, ne m'avait pas alertée. J'avais couru chercher un flacon de remplacement pour le démon accidentellement libéré, puis ordonné l'enterrement du stock entier, voulant nous épargner une autre catastrophe. Gabriela avait accepté l'idée des funérailles de ses démons à condition qu'elles soient tenues secrètes.

Je l'ai découverte dans la baignoire, peu après son quatorzième anniversaire, les poignets tailladés avec une lame de rasoir d'Edward. Elle ressemblait à un carpillon dans une sauce au vin. J'ai failli m'évanouir. Si ce jour-là, au lieu de m'attarder chez Konrad après le dernier cours, j'étais rentrée directement à la maison, elle n'aurait pas eu le temps de passer à l'acte. Marta terminait sa semaine de classe verte à Zakopane. Edward travaillait à Varsovie. Nous ne le voyions pas souvent. Mais qu'importe ce que faisaient Edward ou Marta. J'aurais dû consacrer mon énergie à essayer de comprendre Gabriela plutôt que de vouloir me comprendre, moi, alors angoissée à l'idée de devenir trop vieille pour profiter de ce quelque chose que Stendhal appelle « la pétulance ». Konrad était plus que mon chant du cygne. Il était le regard d'un homme qui me donnait une existence autre que celle d'une mère ou d'une épouse. Dans mon enivrement, je m'étais convaincue que mes filles en profitaient à leur manière. N'aimaient-elles pas se montrer à côté de cette mère qui enfilait un jean et des escarpins à talons ? Toujours ouverte à leurs amis, la maison grouillait d'ados qui raffolaient de pizzas congelées. Non parce qu'elles étaient bonnes, mais parce qu'elles étaient jugées indignes de la table familiale par leurs mères dévouées. Autant dire que mon pathologique manque de temps, d'investissement et de patience, produisait l'effet que ne parvenaient pas à obtenir les femmes héroïques d'abnégation que je croisais aux réunions de parents d'élèves. Enfin, en apparence. Car leurs enfants avaient beau les détester, ils ne cherchaient pas à se suicider. Un quart de siècle est passé, mais chaque fois que je prends un bain chaud, je vois Gabriela en maillot de corps teinté de son sang, inconsciente, un léger sourire aux lèvres. C'est son sourire qui m'avait épouvantée. J'ai su que si elle survivait, tôt ou tard, elle recommencerait.

Appelé dans la nuit, alors que j'avais conduit Gabriela aux urgences, Edward s'était pointé à la maison aux aurores. Son regard disait l'agacement. Je me suis demandé à qui il en voulait le plus : moi ou Gabriela. Quoi qu'il en soit, l'attitude d'Edward – méthodique et policée – m'insupportait au point que j'hésitais à provoquer une violente explication. Mais la rapidité avec laquelle il s'était douché, changé, avait bu un café et sorti la voiture du garage excluait tout échange entre nous. Une fois en route vers l'hôpital, il s'était mis à rouspéter au sujet du contrôle technique du véhicule qui n'avait pas été effectué à temps. Mon absence de réaction l'avait incité à insulter copieusement les conducteurs des voitures qui nous devançaient. Il avait klaxonné comme un forcené, jusqu'à ce que je lui propose de prendre le volant.

« Penses-tu que je sois un mauvais père ?

— Je ne sais pas ce qu'est un bon père, Edward. »

S'était ensuivie une discussion très *matters of fact* avec les psychiatres de garde sur les phases successives du processus de séparation-individuation chez les adolescents, laquelle nous avait permis d'esquiver la tentative de suicide de notre fille. Gabriela était revenue à elle sans que nous sachions quoi faire, quoi dire, quelle conduite adopter, à qui demander conseil. L'hospitalisation ayant été d'emblée écartée par Edward, il avait été convenu que Gabriela rentrerait à la maison aussi vite que possible. J'aurais aimé que nous nous disputions, que nous nous accusions mutuellement, que nous nous reprochions l'un l'autre nos absences, notre manque de rigueur, notre permissivité qui cachait mal l'ennui inhérent à l'éducation des enfants. J'aurais voulu trouver le courage d'expliquer à Edward que la bizarrerie de mon frère, comme les coups de folie de mon père, auraient pu constituer des antécédents familiaux à prendre en compte. Car j'y ai pensé tout de suite, bien qu'aucun membre de ma famille ne se soit suicidé ni retrouvé en psychiatrie. Au lieu de tout cela, j'ai laissé Edward récurer la salle de bains et me suis précipitée pour fouiller la chambre de Gabriela.

C'est peu dire que les résultats de mon inspection m'ont consternée. Je m'attendais à découvrir le journal d'une jeune fille en fleur, venant de connaître ses premiers déboires sentimentaux. Réservée, mal à l'aise dans son corps qui n'avait eu de cesse de s'étirer, d'une beauté intéressante mais sans le reflet de cette espèce de frivolité juvénile qui fait le charme des minettes, Gabriela n'avait pas un profil à enflammer les cœurs. Les garçons ne lui couraient pas après et, du moins en apparence, elle ne s'en préoccupait pas. Ses résultats scolaires révélaient un intérêt appuyé pour certaines matières – biologie, géographie, dessin, langues étrangères –, et un total désintérêt à l'égard des autres. Toutefois, rien ne pouvait expliquer l'implication de Gabriela dans les activités d'un groupuscule anarchiste de droite. Dissimulée sous le pseudonyme de « Rakshasha », dont la signature figurait sur chaque dessin d'un samizdat, ma fille contribuait à la diffusion d'idées d'une radicalité alarmante. Il n'y avait aucun doute possible. J'avais identifié son coup de crayon. Un portrait de Ted Kaczynski, cet ancien professeur de mathématiques à Berkeley, reconverti en poseur de bombes au profit d'on ne sait quelle cause écologiste dévoyée, figurait sur la page d'un dossier consacré au néo-luddisme. Le « néo-luddisme », rien que ça ! Les amis de Gabriela ne partageaient pas l'avis général sur la démocratie libérale, l'économie de marché, le progrès et ce qu'ils appelaient le « système techno-industriel » dont, par ailleurs, ils ne pouvaient avoir qu'une connaissance théorique, étant donné le retard de la Pologne en la matière. Ils clamaient la nécessité de stopper le développement des villes, de renverser la courbe démographique, d'abolir les structures hiérarchiques, de rejeter le principe anthropocentrique et, *grosso modo*, de contraindre la population mondiale à un mode de vie archaïque qu'aucun des théoriciens du courant ne semblait avoir connu d'expérience. Aucun, excepté ledit « Unabomber » Kaczynski, retiré dans le Montana, où le génie maudit aurait vécu en ermite avec, pour principale distraction, la confection de colis piégés.

J'avais néanmoins du mal à établir un rapport entre les zélateurs du primitivisme et la tentative de suicide de ma fille. Au quotidien, Gabriela ne manifestait aucun signe particulier de sectarisme écolo. Elle pensait au végétarisme mais ne refusait pas une cuisse de poulet. Et puisque nous partagions en famille la passion pour la forêt, ses grands projets de s'installer un jour à l'écart du monde avec les biches et les renards ne me paraissaient pas extravagants. Sans parler du fait que nous n'aurions pas eu l'idée de nous y opposer, pas plus Edward que moi, convaincus qu'il fallait laisser à nos filles la liberté de choisir leur vie. Il devait y avoir autre chose. La cause héréditaire d'un mal jamais nommé ni diagnostiqué me paraissait de plus en plus plausible. Mais j'avais fait le choix de ne pas en discuter avec Edward. D'ailleurs, qu'aurais-je eu à lui dire ? Que mon père avait tiré sur ses chevaux tandis que mon frère avait organisé les funérailles de notre mère dans un potager ? J'ai finalement misé sur un changement dans notre relation.

« Que dois-je faire pour t'aider, ma petite Rakshasha ? », lui avais-je demandé, quand je suis venue la voir à l'hôpital sans Edward, à qui j'avais assuré que ce serait mieux ainsi.

Diaphane, elle suivait du doigt les veines bleues qui lui parcouraient le dos de la main.

« Retire-moi de l'école sinon je le referai.

— Quoi donc ?

— Je me tuerai, maman. »

Médusée par son implacable crânerie, j'avais ravalé ma peur, ma culpabilité, et tout l'amour dont j'étais capable, pour lui répondre à mon tour dans un esprit non moins déterminé :

« Que sais-tu de toi, ma fille ? Que sais-tu de la personne contre laquelle tu t'acharnes jusqu'à vouloir causer sa mort ? »

Citée de mémoire, c'était la riposte de Krishna au prince guerrier Arjuna, lorsque ce dernier est sur le point de retourner son arme contre lui-même. Face à ce petit sac d'os accroché à la vie par une simple perfusion, je n'avais pas droit au mensonge. Mais il appartenait à Gabriela de trouver une réponse.

« Ce que je sais de moi, c'est que je n'ai absolument aucun sens.

— Un arbre a-t-il un sens ? Un nuage ? Une sonate de Mozart ? Une chute d'eau ? »

Gabriela a réagi avec une sorte de scepticisme instinctif, en effilochant le sparadrap qui fixait sa perfusion.

« Je ne suis pas un arbre ou un nuage, maman…

— Mais tu devrais t'accorder le droit de vivre de la même manière que tu l'accordes aux animaux sauvages, aux plantes ou aux minéraux. Je ne te dis pas comment tu devrais vivre parce que j'estime que tu es capable de le découvrir toi-même, mais je n'accepterai jamais l'injustice que tu te fais. Je n'exige pas de toi que tu te conduises de telle ou telle manière… mais j'exige de toi une attitude protectrice à l'égard de toi-même, étant donné que tu en manifestes une à l'égard de la nature. Et je suis là pour t'aider, si tu l'acceptes.

— Et pourquoi n'as-tu jamais été là, jusqu'à présent ? »

Je n'avais pas cherché à m'expliquer ni à m'excuser. Nous avons parlé de son école. En échange de l'autorisation de continuer à dessiner sous pseudonyme pour son fanzine anarcho-écologique, elle s'était engagée à terminer l'année scolaire du mieux possible. Après les grandes vacances, elle poursuivrait son éducation dans un lycée d'arts plastiques où les règles à respecter étaient moins strictes. Edward restait dubitatif quant aux débouchés qu'un pareil établissement pouvait offrir à notre fille.

« Après, tu me demanderas d'acheter une galerie d'art pour que notre artiste ait un endroit où exposer ! Sois sympa, papa, n'est-ce pas ? Mais la vie d'artiste est rarement sympa.

— Nous n'en sommes pas là, Edward.

— Entre nous, Wanda, j'espère que nous y serons un jour... Si c'est vraiment ce qu'elle veut... Au moins elle aura fait quelque chose de sa névrose, avait conclu Edward, imperturbable.

— Elle a peut-être du talent ! », m'étais-je emportée, tant son défaitisme chronique à l'égard de Gabriela finissait par m'insupporter. À croire que Edward n'en était même pas conscient.

« Il ne manquait plus que ça ! Ma fille quitte le meilleur lycée de Cracovie au profit de cette ménagerie, le lycée d'arts plastiques, et tu me chantes des sornettes sur son talent ! »

Naïvement, en ce début des années 90, nous croyions encore en l'éducation comme bouclier contre l'instabilité de l'ère de la transformation. Le diplôme universitaire faisait office d'assurance-vie et l'acquisition des connaissances obéissait à un objectif utilitaire, cessant définitivement d'être une fin en soi ou un plaisir. La liberté fraîchement recouvrée nous laissait une marge de manœuvre étonnamment restreinte pour nourrir des ambitions. Les titulaires d'une thèse de doctorat en lettres ou en philosophie désertaient l'enseignement et la recherche dès qu'ils trouvaient des postes de conseillers dans des cabinets d'affaires ou de consulting. Mes étudiants rêvaient de stages à l'étranger sans jamais évoquer un éventuel retour en Pologne. Edward voyait déjà ses filles entrer dans des facs prestigieuses, ce qui donnait un sens à son labeur.

*

Je l'observais, chaussé de derbies John Lobb achetées au Comité central quand la Bourse avait été transférée dans un immeuble flambant neuf, rue Ksiazeca, et son siège transformé en centre commercial de luxe. Assis, jambes croisées, il balançait légèrement son pied droit, ce qui me donnait l'envie de quitter sur-le-champ le foyer conjugal. « Voici l'horizon indépassable de ma vie affective et érotique... », m'étais-je dit, comprenant pleinement qu'aucun Konrad ne manifesterait plus le moindre intérêt pour moi au moment où Gabriela se stabiliserait, à supposer qu'un tel événement heureux éclaire mes vieux jours. Incapable de rancune à l'encontre de ma fille, j'ai pourtant gardé une dent contre Edward. Il n'a pas été un mauvais mari, pas plus qu'un mauvais père. Au contraire. Il a pris soin de nous. La champignonnière achetée peu après l'état de siège a payé la nounou des filles, leurs cours privés d'anglais, de danse, de peinture pour Gabriela et d'informatique pour Marta. Usée par le travail, j'ai pris mes samedis à la fin des années 80, grâce à de nouveaux placements d'Edward et non pas à une généreuse politique sociale de l'État qui n'avait gardé de socialiste que le nom. La gratuité des soins et des services médicaux coûtait une fortune aux malades prêts à d'astronomiques pots-de-vin pour obtenir un rendez-vous avec un spécialiste réputé. J'étais de la minorité qui n'acceptait pas les bakchichs, tout en faisant au mieux mon travail. Je pouvais me permettre d'être honnête et appliquée, la salle d'attente de mon cabinet ne désemplissait jamais. Mais un jour, épuisée, je me suis surprise à me demander ce qui me poussait à soigner tous ces mioches qui, une fois adultes, deviendraient bêtes, paresseux et aussi cupides que leurs parents. Pourtant il n'était pas question d'arrêter de travailler, ce à quoi m'incitait Edward. Le travail me donnait confiance en moi, peut-être même de la fierté. D'autre part, j'appréhendais un possible revers de fortune d'Edward, et un changement de stratégie économique du gouvernement, lequel, depuis les années 70, continuait de promouvoir « une société de consommation en terre socialiste ». Tout en voyant les fortunes fleurir, il m'était difficile d'apprivoiser l'idée qu'on puisse s'enrichir à l'infini. À l'école, nos filles battaient des records de popularité en distribuant des bonbons au chocolat dont leurs camarades avaient oublié le goût. Une bonne mère, j'en étais convaincue, se devait pourtant de préparer ses enfants à subir les aléas de la vie. J'avais donc envoyé Gabriela et Marta en camp d'été des scouts socialistes où elles avaient appris à manger les pâtes avec une cuillère à soupe et à tirer avec une carabine de compétition. À son retour, Gabriela avait exigé d'Edward qu'il se soumette à des exercices de simulation en cas d'attaque atomique.

« Et qui, ma fille, nous attaquerait avec une arme atomique ?

— Les impérialistes !

— Ma chère enfant, nous sommes en 1988. Il n'y a plus d'impérialistes. Il y a des ultra-libéraux et des conservateurs, qui ont d'autres chats à fouetter que de lancer des bombes atomiques sur un pays sous-développé dont l'aspiration première est de ressembler aux impérialistes. »

Dubitative, Gabriela avait continué de n'utiliser qu'une cuillère à soupe comme seul couvert.

« Edward, et si le Parti change de cap ? Et si on renverse Gorbatchev ?

— Wanda, on ne peut pas renverser Gorbatchev davantage qu'il ne s'est renversé lui-même avec sa perestroïka. Quant au Parti, j'ai justement rencontré Mietek Wilczek à Varsovie, qui m'a raconté que notre brave général Jaruzelski est aux abois. Je parie que Rakowski deviendra le nouveau Premier ministre. C'est bien d'avoir un copain au poste de Premier ministre, surtout quand il nommera un autre copain au poste de ministre de l'Industrie. Changement de cap ? Oui, le futur ministre Wilczek sera le premier ministre capitaliste dans un régime communiste. Il ne se dégonflera pas, je le connais un peu. Il aime trop les costumes blancs taillés sur mesure. »

Je n'étais pas la seule à me sentir complètement déroutée. En un instant, l'idéologie s'était évaporée, la peur avait disparu, et ce fut la fin du régime. Edward m'apparaissait comme un prophète. On avait écrit un tas de thèses de doctorat sur le sujet, des dissertations savantes, des essais polémiques, mais en réalité, l'affaire se présentait de manière péniblement prosaïque. Avant que le gouvernement et l'opposition démocratique ne s'assoient à la table ronde des négociations, le peuple avait amorcé sa propre contre-révolution des étalages, initiée par la loi qui portait le nom de Wilczek. Elle autorisait toute activité entrepreneuriale, excepté la vente d'armes et de substances illicites. Les Polonais se sont mis à commercer avec rage. En l'espace de quelques jours, le pays a pris l'allure d'un immense bazar à ciel ouvert. Mais l'euphorie n'a pas eu le temps de s'installer.

Mystérieuse comme une épidémie de peste, la mélancolie consumait, les uns après les autres, les exportateurs-importateurs, grossistes, stockistes et fournisseurs, sans évoquer le registre complet des anciens fonctionnaires convertis en chefs de micro-entreprises. Mes collègues urgentistes me parlaient d'un flot de tentatives de suicide. De ces malheureux qui se jetaient sur les rails en raison de leur endettement, de ces pères de famille qui, aux aurores, se pendaient dans leur grenier, laissant dormir femme et enfants avant qu'ils ne découvrent que la maison avait été hypothéquée. L'angoisse m'encerclait telle une meute de chiens errants. J'ignorais quel était le seuil de richesse au-delà duquel on ne se suicidait plus et l'on ne se faisait pas expulser de chez soi. Je ne savais pas si Edward l'avait atteint. En outre, j'avais honte de ressentir cette sorte de peur, si médiocre, si mesquine. Sous l'ancien régime, notre peur commune portait des titres de noblesse. Les successives exégèses de la dialectique matérialiste produisaient des effets tout à fait concrets mais portaient des noms abstraits : « collectivisation », « prolétarisation », « révisionnisme », « étatisation », et ainsi de suite. Menaces qui semblaient fleurir à l'ombre d'une fatalité, face à laquelle l'homme paraissait impuissant comme l'étaient les héros de la mythologie grecque. Sous le nouveau régime, il suffisait de gagner de l'argent, si on voulait s'affranchir de la peur d'en manquer. En revanche, personne n'avait une idée exacte du prix de la vraie liberté, celle qui mettait à l'abri du dénuement, alors hantise de tout un chacun. Il me peinait de voir mes filles grandir dans cette atmosphère. Si j'avais eu le choix, j'aurais probablement préféré qu'elles aient peur des impérialistes ou des bombes atomiques plutôt que du chômage ou du gel des salaires.

La tentative de suicide de Gabriela ne semblait pas avoir de lien étroit avec la situation géopolitique ou économique du pays. Elle vivait en aristocrate solitaire, tout au plus disposée à maintenir quelques relations avec des individus de son acabit, luxueusement indifférents aux oscillations du marché du travail, à l'accroissement des inégalités salariales ou autres licenciements abusifs. L'hypothèse d'Adam, selon laquelle Gabriela aurait pu être atteinte d'un trouble maniaco-dépressif, paraissait tantôt fantaisiste, tantôt hâtive aux yeux d'Edward. Je ne le voyais pas du même œil, imprégnée des images de mon père, en train d'écrire une lettre de réclamation à Staline.

Les envolées de Gabriela n'étaient pas moins dangereuses. Émergée de je ne sais quelles ténèbres, elle aspirait à la lumière pendant une période plus ou moins longue, ce qui revenait, au quotidien, à la nécessité de la contraindre à un sommeil qu'elle ne trouvait qu'à l'aube, ou encore à lui faire avaler ne serait-ce qu'une tartine beurrée dans la journée, passant outre à ses protestations, voire ses insultes, destinées à nous « mettre dans le crâne qu'elle n'avait pas de putain de faim et qu'elle ne se laisserait pas gaver comme une oie ». Vite converti à l'impassibilité, sous prétexte qu'elle était « thérapeutique », Edward s'en fichait comme du sort du dalaï-lama, jusqu'à ce jour où, sortie pour aller au lycée, Gabriela se retrouva à Prague, d'où elle avait appelé la maison, paniquée et sans un sou. Edward avait fait le trajet en à peine cinq heures, la suppliant de ne pas bouger de la Tour Poudrière, qu'elle jurait voir en face d'elle. Nous n'avons jamais su comment elle avait réussi à passer la frontière avec sa carte scolaire. Mais aucun obstacle ne se révélait assez sérieux aux yeux de notre fille quand elle était en phase avec ses démons haut perchés. Edward reconnaissait son impuissance, ce qui sous-entendait qu'il me déléguait le problème. Depuis Wroclaw, Adam supervisait nos expérimentations avec les antidépresseurs, bien qu'il y ait été fermement opposé, s'attendant à ce qu'ils aggravent l'état de ma fille au lieu de l'améliorer. Le yoga que, sur sa prescription, nous nous étions mises à pratiquer toutes les trois, avec Marta, n'était d'aucune aide à Gabriela dans ses périodes d'humeur noire. Et elle ne faisait pas semblant de souffrir. La lumière chaude, qu'elle recherchait tout au long de nos hivers interminables, lui paraissait soudain crue et incisive. Elle s'en cachait en tirant les rideaux avant de nous convaincre qu'elle serait infiniment plus à l'aise au sous-sol de la maison que nous avions donc transformé en une pièce à vivre. Les murs devaient rester tels quels, en béton fibré, qui lui servaient de support pour sa peinture. Au bout d'un certain temps, un pan entier fut recouvert d'une fresque étonnante, à mi-chemin entre les jungles du douanier Rousseau et la peinture régionaliste de Thomas Hart Benton, avec ce quelque chose de vigoureux et menaçant à la fois, qui m'empêchait de minimiser sa désolation. Gabriela s'était représentée en petite fille nue, dos au spectateur, et face à une immensité verdoyante vers laquelle elle s'avançait, une fleur de pavot à la main. Tout en bas, elle avait laissé une inscription : « Cette année, personne ne rit... » Je lui en avais demandé la signification.

« C'est la phrase d'Apollinaire à propos de Rousseau qui exposait son *Rêve* au Salon d'Automne : *Cette année, personne ne rit, tous sont en admiration...*

— Il manque alors un bout !

— Personne n'est en admiration, maman... »

J'ai eu beau la pourvoir en témoignages d'admiration chaque fois qu'elle se levait de son lit, mangeait un yaourt ou me demandait de lui payer sa carte de transport, ses états dépressifs l'emportaient.

Les moments où nous respirions, Gabriela aussi bien que le reste de la famille, se faisaient rares entre les périodes de tumulte et de torpeur. En outre, ses « séjours dans les montagnes », tels qu'elle désignait ses épisodes maniaques, lui manquaient au point qu'elle arrêtait délibérément les médicaments afin de les retrouver. Mais ses matinées chez Wladek, qui avait profité de la mise en vente massive des biens communaux au début des années 90 pour acheter la maison de notre mère, se rangeaient parmi les plus solaires. Connectée à son élément, la terre, irradiée par la lumière onctueuse des aubes, gavée d'herbes aromatiques qu'elle broutait à quatre pattes dans le potager, émerveillée devant ce semblant de vie sauvage que les forêts alentour lui procuraient, Gabriela avait presque réussi à nous transporter avec elle vers ses sommets. Peu importait qu'elle ait failli perdre une main en essayant de libérer un lièvre coincé dans un piège, ou qu'elle nous ait traînés sur dix kilomètres sous une pluie battante à la cueillette de mûres. Son surplus d'énergie y trouvait un déversoir idéal. Deux étés de suite, je l'ai vue sereine dans son déchaînement, dépourvue de la moindre appréhension à l'idée de replonger.

« Je me sens soulagée de découvrir que tu sais te contenter du présent », lui ai-je dit un matin, la surprenant dans la cuisine en train de manger des cornichons au petit déjeuner.

« Maman, j'aurais aimé faire autrement que de vivre au présent, mais je n'y arrive pas. Quand je suis au top, je ne cherche pas à être ailleurs. Et quand je suis au fond, je n'ai aucune possibilité d'entrevoir la sortie. Le problème, il est là. »

Je ne l'ai pas contredite, alors que ses pensées suicidaires se nourrissaient de la conviction qu'à l'avenir, rien ne changerait et qu'elle serait condamnée, sa vie durant, à sauter entre les cases noires et les cases blanches de l'échiquier. À l'heure qu'il est, clouée au lit avec une pneumonie et un cancer gourmand, je suis tentée de lui donner raison : le seul temps d'un malade est le présent. Maintenant, je comprends mieux. Dans un sens,

Gabriela aurait connu la phase terminale avant même le diagnostic, puisque son mal ignore le développement linéaire. L'obsolète appellation de « folie circulaire » ne vient pas de nulle part et, à mon sens, reste plus juste que « trouble bipolaire ». Du reste, Gabriela évitait de nommer son meilleur ennemi. Il faudrait que je lui parle de tout ça. Mais pour lui dire quoi ? Peut-être la même chose qu'un quart de siècle plus tôt. Que je l'admire. Je l'admire parce que, à sa place, il y a bien longtemps que j'aurais sauté par la fenêtre. La seule option à peu près honorable qui se présente à quelqu'un dans mon cas ne serait-elle pas la mort volontaire ? Et pourtant je renonce, en m'en remettant au travail frénétique de mes cellules cancéreuses. Gabriela, engouffrée dans ses abîmes, n'abandonne pas, change de stratégie, se réfugie dans un bunker chimique de somnifères, en sort triomphante au bout de soixante-douze heures d'un sommeil ininterrompu, tout en clamant que c'est elle et elle seule qui convoquera la mort, pas le contraire ! Sans doute aurait-elle beaucoup à m'apprendre sur l'inconvénient d'être né. Enfin, tout cela… tant qu'on ne crève pas dans un lit d'hôpital oublié de tous, il y a une raison de croire qu'on a réussi sa vie.

*

Je sens la toux s'amasser dans ma poitrine en prévision d'une attaque imminente. On dirait une armée en pleine manœuvre. Ça croît, avance, monte, me presse la cage thoracique, le sternum, le rachis, broie mes douze paires de côtes, remplit le médiastin. J'ai l'impression de regarder un film muet qui se joue à l'intérieur de moi-même, tourné en 16 images / seconde. Cet effet accéléré devrait m'inciter à appeler l'infirmière, ce que je ferais si je savais que celle-ci était capable de me soulager d'une quelconque manière. D'évidence, il n'en est rien. Alors je me laisse envahir. Un chatouillement dans la gorge, un rien du tout en apparence, comme après une gorgée d'eau très pétillante... Mais soudain le mal me prend d'assaut, m'arrache les boyaux, m'écarquille les yeux et me propulse presque en dehors du lit.

Pourvu que je ne crève pas ici. Pas ici ! Mais est-ce vraiment important, où je crèverai, si la mort n'a pas lieu ? Pas plus en tout cas, que n'a lieu notre naissance, etc. Qu'importe le mysticisme hindou. C'est moi, mon moi tout entier qui refuse de s'éteindre ici. J'ai rêvé d'une mort solaire et insignifiante, évaporée dans la fumée des feux de bois. D'une mort ailleurs. D'une non-mort. Maintenant, il faut que je choisisse : croire ou ne pas croire ? En fin de compte, tout se résume à cela. Maharshi n'affirmait-il pas qu'il y avait des lieux plus recommandables que d'autres pour le passage à trépas ? Il y aurait ainsi un intérêt spirituel à mourir à Bénarès. À condition de savoir ce que sont le Bénarès réel et la mort réelle. Et l'aspect « réel », il l'expliquait de manière admirablement alambiquée : « Ce qui est dans le monde est dans le corps, et ce qui est dans le corps est dans le monde. » Ne s'était-on pas disputé, à l'époque, au sujet du caractère sacré de Bénarès, qui relèverait autant de la foi que de la réalité extérieure de la ville ? Les uns le réfutaient, les autres le soutenaient, sortant l'argument de l'effet psychique produit par la ville sacrée sur les visiteurs. Un sentiment océanique, dont je n'ai aucune expérience sensible ni connaissance intellectuelle, mais que j'imagine comme un souffle profond. Le souffle qui me manque à cet instant. À défaut, un râle vibrant et muqueux, entrecoupé d'un gémissement dont j'ai honte, s'échappe de ma poitrine avec une telle force que tout l'hôpital doit être désormais debout, macchabées compris.

J'entrevois une forme qui se précipite vers moi, avant que la deuxième secousse ne me déchire. Des bras me prennent dans leur étau.

« Tu vas boire un peu... »

J'entends la voix de Konrad, alors que la chambre est plongée dans l'obscurité, balayée par les reflets des phares et des lampadaires qui tanguent au-dehors. Je ne suis en état ni de protester ni de remercier, pas plus que d'exprimer mon étonnement qu'il soit toujours là, en pleine nuit. Je tousse, tandis qu'il me tient la tête d'une main tout en ouvrant une bouteille d'eau minérale de l'autre pour en verser un peu dans un gobelet et me le porter à la bouche. Il allume une petite applique fixée au-dessus du lit. Je le vois beaucoup plus vieux que dans l'obscurité qui met en valeur sa carrure imposante et gomme ses rides. Il a le savoir-faire d'une infirmière expérimentée, des gestes efficaces, précis. Son attitude n'est pas vraiment affectueuse, même pas généreuse, mais plutôt dans le registre d'une amabilité circonspecte. Je me réserve toutefois une marge d'erreur, compte tenu du fait que j'ai dû le réveiller brutalement et que sa retenue peut relever de la fatigue.

« Tu vas te remarier ?

— Non, je ne crois pas.

— Pourtant tu devrais, sinon la culpabilité finira par te bouffer.

— On ne se marie pas avec l'idée de partager sa culpabilité, Wanda.

— Tu as raison. On se marie parce que ça nous oblige à penser à quelqu'un d'autre qu'à soi.

— J'ai deux fils auxquels je pense bien plus souvent qu'à moi. Et dans un sens un troisième… qui occupe quatre-vingts pour cent de mon temps. »

Pas de réponse possible. Il est trop enfoui dans son malheur pour m'entendre, et si quelqu'un pouvait l'en tirer, ce ne serait pas moi. Encore que. Une ruse me passe par la tête. Ou pour le formuler plus élégamment, une solution de compromis et de raison, mais qui ranimerait peut-être Konrad, bien plus proche de la mort que moi.

« Et s'il existait un moyen de te racheter ? Imagine que la rédemption représente un mouvement aléatoire. Ce que tu as fait à cet enfant, tu ne le répareras pas. Cela ne signifie pas que tu n'es pas en mesure d'accomplir des actes généreux et charitables. Vois-tu, je ne voudrais vraiment pas mourir ici… Je ne parle pas que de cet hôpital… Disons que j'ai besoin d'être en état de prendre l'avion, un long-courrier plus précisément… Et donc, rien ne s'opposerait a priori à ce que ton histoire, ce que tu as voulu me raconter hier avec une insistance déplacée, voyage avec moi. À condition, cela va de soi, que je puisse moi-même faire mon pèlerinage. »

Il se fige. Du bout de l'index il essaie d'arracher une cuticule invisible accrochée à la racine de l'ongle de son pouce.

« Serait-ce un marché, que tu me proposes là ? s'enquiert-il, intrigué mais méfiant.

— Envisageons ça comme un échange de services. »

J'essaie de le mettre en confiance, en lui demandant d'éteindre l'applique qui m'aveugle. Immergés de nouveau dans une obscurité diluée par l'éclairage de la rue, nous nous taisons et prenons la mesure de ma proposition. On entendrait presque tomber les gouttes de ma perfusion. J'ai la gorge en feu et les poumons qui pèsent une demi-tonne chacun. Konrad se racle doucement la gorge, puis s'assoit dans l'inconfortable fauteuil en similicuir où il a passé la nuit, comme Edward avant lui.

« Il y a une conversation secrète entre l'intestin et le cerveau, révélée par les médecins chinois dans les années 70 et qui désormais demeure incontestable. Les images IRM effectuées avant et après une séance d'acupuncture abdominale permettent de prouver son impact sur la régulation des émotions. Certains vont jusqu'à dire que le ventre contribue à notre inconscient… À Columbia, il y a ce type extraordinaire, Michael Gershon, qui fait de la recherche en neurogastroentérologie. C'est édifiant ! Je me suis adressé à lui concernant le traitement de la constipation et des nausées en cancérologie pédiatrique. Il a supervisé officieusement ma thèse et…

— La sérotonine comme neurotransmetteur entérique, c'est lui ? », je demande par courtoisie, pendant que je m'interroge sur la finalité de son soliloque et plus encore sur son rapport avec ma proposition.

« Fallait me dire que tu l'avais lue !

— Je ne l'ai pas lue. Depuis que j'ai arrêté d'enseigner, je ne lis que des romans. C'est souvent moins digeste que la littérature scientifique mais on s'endort bien avec. Olek m'a parlé de Gershon, quand son bouquin sur le deuxième cerveau a commencé à circuler dans nos contrées reculées. Explique-moi en quoi ses travaux auraient un rapport avec le sujet principal de notre conversation…

— Je voudrais que tu dépenses autrement ton énergie vitale. C'est la seule solution pour que tu puisses prendre ce long-courrier. La morphine rend la digestion difficile, je ne t'apprends rien… Tes réserves partent là. Et il y a aussi autre chose, Wanda. Il faudra que tu arrêtes de te battre contre ton cancer. Cette bataille est perdue d'avance… »

Je lui coupe la parole, prenant conscience que notre affaire nous entraînera inéluctablement dans les recoins empoussiérés de l'intime.

« C'est ce que tu racontes à tes patients de six ans ?

— Laisse-moi terminer, s'il te plaît ! »

Il palpe la poche de sa blouse, probablement à la recherche d'une cigarette qu'il n'osera pas fumer après ma crise de toux.

« Il faut que tu cesses de te battre, j'insiste. En revanche, il est nécessaire que tu vives avec ce qu'il te reste de forces. Or je ne suis pas convaincu que ce soit le cas… Me comprends-tu ? Il y a un aiguillage à faire, un changement de voie. Ton combat te coûte énormément d'effort alors que cette maladie est là, et plus forte que toi. Le problème c'est que tout ce que tu fais, tu le fais en fonction d'elle. Essaie plutôt de passer un accord avec ce qui te ronge… Ta maladie te prendra mais pour l'instant, tu t'appartiens, Wanda. J'ignore où tu veux aller. Mais je me doute que ce voyage, tu l'envisages comme ton dernier. Or tout ce que je te demande, c'est de l'envisager juste comme un voyage. Point. La vie est là.

— Crois-tu sincèrement que je puisse avoir envie de voyager dans mon état ? Aller dans la salle de bains est une expédition ! »

Je m'emporte car je n'avais pas, jusqu'alors, mesuré l'ampleur du périple : quinze heures de vol au minimum, une escale à coup sûr, l'air conditionné dans les avions et les aéroports, le tracas avec les bagages que je serai obligée de prendre afin de ne pas éveiller les soupçons lors de l'enregistrement. Sans parler des inévitables embrouilles avec les chauffeurs de taxi à New Delhi ou Calcutta, à moins que, une fois passé les contrôles de douanes et de l'immigration, j'aie le courage d'abandonner tout mon barda, de jeter le passeport à la poubelle et de me dissoudre tranquillement dans la foule.

« Je comprends que tu ne veuilles pas mourir n'importe où. Mais pourquoi aller chercher très loin ? », lance Konrad, en bâillant.

Je pouffe de rire, le qualifie d'imbécile et l'autorise à fumer à la fenêtre. Il s'excuse. Inutilement, car il n'y a rien de mieux qu'une plaisanterie pour dissiper l'angoisse de la mort.

« Je rêve d'un paysage léger, nouveau, incompréhensible, mais spirituel... Un lieu où je ne serais pas trop seule, vois-tu, au milieu de mortels qui s'ignorent. As-tu remarqué qu'ici les gens pensent qu'ils ne mourront jamais, jusqu'à ce que ça leur arrive ? »

Collé à la fente de la fenêtre entrouverte, Konrad expire la fumée dans un rire de complicité. Dehors, la nuit s'éclaircit.

*

Je me suis souvent demandé à quoi aurait ressemblé ma vie si j'étais née un petit millier de kilomètres plus à l'ouest. Les réponses variaient de modérément optimistes à catastrophistes, selon que le scénario m'aurait permis de garder les composantes essentielles de ma vie polonaise ou pas. Qu'aurais-je eu à gagner, si j'étais née à l'Ouest ?

Le confort, probablement. Celui d'obtenir un passeport en remplissant un simple formulaire. Celui de se déplacer dans une voiture bien suspendue et climatisée, plutôt que dans notre Trabant 601 en carton-pâte. Celui de faire abstraction de la politique, si on le souhaitait. Celui de pouvoir acheter, à n'importe quel moment, un papier toilette agréable au toucher. Mais au fond, mon existence aurait-elle eu plus de signification là-bas qu'ici ? Aurais-je été une meilleure mère ? Edward m'aurait-il aimée davantage de l'autre côté du rideau de fer ? Mes amis, à commencer par Adam, auraient-ils été plus présents et empathiques qu'ils ne l'ont été dans ce pays ? Je ne le crois pas.

Nous avions des ambitions qui cadraient plus ou moins avec les limites imposées par le régime. Je m'efforçais d'y voir un indice d'intelligence, parce qu'il signalait notre capacité d'adaptation à un environnement hostile au genre humain – le socialisme réel. Parfois la chance nous souriait, comme elle sait le faire en se contrefichant des idéologies, des gouvernements et de la géopolitique. Adam appartenait fièrement aux pionniers issus du bloc de l'Est, qui avaient successivement étudié, exploré et exploité les incohérences et les bizarreries de notre système. L'Inde, où il était possible de se rendre en théorie, demeurait inatteignable à cause du coût du voyage. Un aller-retour à New Delhi valait quelque douze mille zlotys aux alentours de 1975, autant dire trois de mes salaires mensuels en début de carrière. Mais Adam avait découvert qu'un vol de Budapest à Hanoï, avec une escale à Bombay, n'en coûtait que quatre mille, parce que les Républiques populaires encourageaient le tourisme dans les pays amis. Muni d'un visa indien, il était donc allé en stop jusqu'à la capitale hongroise d'où il avait embarqué pour le Vietnam, et puis s'était volatilisé en Inde pendant son escale. Il y est resté un mois et en est rentré dépité. Par la misère extrême, les maladies éradiquées ailleurs mais toujours présentes là-bas, l'insalubrité, l'endogamie, la violence, « une grande escroquerie » que nous refusions de reconnaître. J'essayai de le tempérer.

« Pourquoi aurions-nous eu envie de voyager si d'emblée nous avions su que partout les gens vivaient de la même façon, poursuivaient les mêmes rêves ?

— Chez nous cela t'aurait paru scandaleux », m'a-t-il répondu, confortablement installé sur un coussin en brocart déniché Dieu sait où, et qui allait très bien avec la décoration de son studio de Wroclaw.

C'était une pièce au plafond haut, avec deux étroites fenêtres en ogive. J'aimais y venir, d'abord seule, ensuite avec Edward, quand il décida d'emménager à Wroclaw, avant notre mariage. Les murs croulaient sous le poids des babioles – des photos en noir et blanc entourées de cadres dorés, une bibliothèque coloniale en bambou foncé, une affiche originale de la sortie de *Houses of the Holy*, un boa rose, une guirlande de fleurs artificielles, un crucifix en argent massif, et enfin un énorme Juju

Hat rapporté du Cameroun par un ingénieur polonais employé dans une compagnie allemande vers les années 1910. On s'y asseyait tantôt sur un matelas recouvert d'un plaid à motif Paisley, tantôt sur des coussins dispersés par terre, sinon dans un hamac suspendu près de la fenêtre. En Pologne, foudroyée par l'anti-esthétisme du réalisme socialiste, cet intérieur revêtait une signification politique forte. Tout comme les innombrables traficotages d'Adam dont j'ai découvert l'ampleur et la dangerosité des années plus tard, mais qui lui ont aussi permis de voyager un peu, voire régulièrement, et vers les destinations les plus inattendues. Concernant ses remarques sur l'Inde, Edward n'avait rien trouvé à redire, essayant au passage de défendre les avancées obtenues par notre État socialiste :

« Il a raison, ma jolie. Dès qu'on trouve un village en Pologne où les chiottes sont encore dans la cour, on se plaint auprès du Comité d'Helsinki ! Mais on a des vaccinations obligatoires et gratuites ! Des écoles publiques de très bon niveau ! Et chez nous, une serveuse peut épouser un professeur d'université, si ça lui chante !

— Mais l'Inde n'a pas à être juste ! Elle doit être mystérieuse et spirituelle, archaïque et irrationnelle, différente de tout ce que nous connaissons ! avais-je répondu avec véhémence.

— Les hindous ne sont pas plus spirituels ou mystérieux que nous, pas moins violents non plus. Ils sont seulement superstitieux et traditionalistes, ce qui te déplaît fortement chez les Polonais... », avait objecté Adam.

Fidèle à l'idée que l'Occident ne détenait pas le monopole de la doctrine progressiste, Edward avait précisé que le Kerala avait viré communiste en 1957 alors que, contrairement à nous, ils étaient libres de choisir un autre gouvernement.

« Je trouve tout ça sans rapport ! avais-je osé rétorquer. J'aimerais qu'Adam me parle de la démarche des femmes qui se rendent au marché, ou de l'attente à la gare... Je voudrais savoir comment ils accueillent les étrangers. Où le centre du monde se situe-t-il pour eux ? Comment pleurent-ils leurs morts ? »

Ignorant ma question, Adam avait ajouté à l'adresse d'Edward que les Indiens ont le respect de la hiérarchie dans le sang, qu'ils ne s'éloignent pas de leurs origines, et que de ce fait, ils ne peuvent pas aspirer à participer à une internationale des travailleurs, peu importe qu'elle soit antiautoritaire ou franchement anarchiste.

« Et le hasard ? Y a-t-il une place laissée au hasard ? avais-je insisté.

— J'ai rencontré un homme d'affaires du nord de l'Uttar Pradesh, qui était descendu jusqu'à Bombay pour y signer un contrat. Avant le rendez-vous décisif, il s'est rendu chez un prétendu astrologue qui lui a déconseillé de conclure le moindre accord commercial ce jour-là. Il m'a raconté son histoire au temple de Mumba Devi, où il était venu déposer des offrandes avant de reprendre le train vers le nord…

— Mais il y a peut-être une façon heureuse de voyager et qui reste en rapport avec une sorte de foi instinctive… Peut-être faut-il s'abandonner aux paysages, aux coutumes, aux gestes, sans chercher à comprendre… Se satisfaire d'être un passant, filtrer les scènes, les odeurs, les couleurs, la bonté ou la méchanceté des inconnus… »

Edward et Adam s'en étaient amusés à mes dépens. J'étais pourtant persuadée détenir la seule recette valable d'un voyage réussi.

*

À supposer que mon séjour en Iran ait bien eu lieu – ce dont je ne suis plus certaine, tant il me paraît aujourd'hui improbable –, à supposer que je n'aie rien inventé et vu de mes propres yeux une mer de pierres autour de Persépolis, le jardin des roses à Chiraz, des coyotes affamés et le profil de l'impératrice Farah, je me dis que voyager aurait pu devenir une passion furieuse, exclusive, fatale. En somme, celle que je n'ai jamais eue. Pourtant, quand, à l'été 1970, on m'a proposé de participer avec le Théâtre du Laboratoire au festival des Arts de Chiraz-Persépolis, en qualité de chaperon-organisatrice-administratrice-médecin-infirmière-gouvernante-nourrice, j'ai accepté. En réalité, mon rôle s'est limité aux tâches administratives.

Ma première sortie de la République populaire me conduisait donc vers une autre dictature, non moins exotique que la nôtre aux yeux du monde libre, mais infiniment plus chic. Que valait notre Premier secrétaire du Parti ouvrier face à un shah d'Iran, de surcroît le dernier, même si nous l'ignorions encore ? En plus, l'Iran avait une demi-longueur d'avance sur la Pologne concernant son ouverture vers l'Occident, dont la tenue du festival était la preuve incontestable. Devant la caméra d'une chaîne de télé japonaise, l'impératrice s'était expliquée sur le choix du nouveau thème du festival : « Théâtre et Rituel », qui justifiait la présence de notre troupe. Persépolis s'y prêtait en raison de son histoire mouvementée, mais aussi de son emplacement à la fois stratégique et écarté du monde, au croisement de l'Est et de l'Ouest. Une oasis, disait l'impératrice, tandis que la sueur perlait sur son front, un lieu difficile à atteindre, propice à des échanges entre artistes.

Le lendemain soir, Ludwik présidait la première représentation du *Prince constant* du dramaturge espagnol du XVIIe siècle, Calderón de la Barca, avec laquelle la troupe avait conquis le monde. Les organisateurs avaient réservé à cet effet un palais ancien situé dans les jardins Delgosha, agrémentés de pavillons gajar et longés par des canaux au bord desquels s'élançaient des palmiers. Derrière chaque feuille se cachait un agent secret. Sa Majesté avait assisté en personne au spectacle.

La mise en scène n'avait pas été centrée sur le conflit religieux. Un tableau risquait pourtant d'être perçu en Iran de manière littérale et causer un fâcheux malentendu. Il s'agissait de la flagellation de Fernand, allongé en croix sur une estrade, pas plus large qu'un catafalque, mais devenu ici l'autel sacrificiel : un chrétien torturé à mort par des musulmans. Mais à travers le travail des acteurs et l'interprétation du drame, les Perses accédaient au grand mystère de leur propre martyr, l'omniprésent Ali Hussein. En conséquence, l'accueil fut enthousiaste.

La fête qui avait suivi, s'était apparentée à une bacchanale. Nous avions dansé, bu et déambulé dans les promenades du jardin rafraîchies par le vent. Les organisateurs de l'événement et les spectateurs, principalement les étudiants de l'université de Chiraz, s'étaient mêlés à nous. Je m'étais laissé séduire – trop vite mais sans regret – par un adonis persan tout en sourires et en galanterie. Aux aurores, mon nouvel ami Darius m'avait reconduite à mon hôtel en faisant un détour par le sud de la ville. Nous avons roulé le long de ce qui était destiné à devenir une artère principale reliant les quartiers nord avec la zone de l'aéroport, mais qui se présentait encore sous l'aspect d'un immense chantier enclavé par des bidonvilles.

Soudain, mon compagnon m'avait demandé de l'accompagner récupérer quelque chose chez un ami. Poussée par la curiosité, j'avais accepté. Il s'était faufilé dans un lacis de ruelles en terre battue, bordées de maisonnettes aux façades enduites à la chaux. Par-ci par-là, des vieux s'alignaient le long des murs, à l'ombre, à fumer des cigarettes et à boire du thé. Chétifs comme de jeunes arbres, ils semblaient oubliés de tous dans leurs vestons empoussiérés. Notre passage les arrachait à leur silence songeur, suscitant quelques salutations mal assurées. Nous remontions vers le nord de la ville. Les boutiques se faisaient de plus en plus fréquentes, des quincailleries aux vitrines encombrées, des merceries, des magasins de tissus, des boulangeries où du pain – pas plus épais qu'une nappe – était suspendu à des crochets.

« Nous sommes à Zire Takh et arriverons bientôt à Mahalleh, cœur du quartier juif ou ce qu'il en reste… », m'avait informée Darius.

Je ne savais pas, à l'époque, qu'une communauté juive subsistait en Iran. Les images apportées par le vent se mêlaient aux odeurs capiteuses des épices, signe que nous passions non loin du grand bazar. Au fur et à mesure que Darius progressait dans les rues commerçantes, je me voyais voyager dans le temps et dans l'espace, jusqu'à notre Galicie orientale. Tout me paraissait familier.

Darius s'était garé devant un minuscule magasin d'antiquités à la devanture peinte en bleu. Mon élan nostalgique avait redoublé dès l'instant où nous en avions passé le seuil. C'était, à n'en pas douter, la plus fidèle reconstitution scénographique d'une de ces

« boutiques de cannelle » de Bruno Schulz, dont la réalité paraissait incertaine. Le lieu constituait comme une réserve de matière onirique. Une voix off, parvenue de l'arrière-boutique, m'avait fait sursauter. Je m'attendais à découvrir une tête de Juif galicien, avec ses papillotes en tire-bouchon et un chapeau à rebord en fourrure. Mais c'est un immense bonhomme à la face jeune et joviale, vêtu d'un jean et d'une chemise à carreaux, qui était apparu dans l'encadrement de la porte.

« Bon, on y va ? », avait-il interpellé Darius.

Ils s'étaient éclipsés dans l'arrière-boutique pour en ressortir aussitôt chargés d'un coffre en bois tapissé d'un kilim à dominante rouge et vert. Soudain, sa serrure avait sauté. Quelques brochures polycopiées avaient glissé par terre. Ils s'étaient hâtés de les ramasser. J'avais compris qu'une brusque irruption de la police du shah nous aurait mis dans l'embarras avant de nous envoyer à l'échafaud. Darius avait ficelé le coffre, que nous avions déposé sur la banquette arrière de sa voiture, puis recouvert d'un plaid.

« Qu'est-ce que c'est, exactement ? », m'étais-je enquise, persuadée qu'il valait mieux y laisser sa tête en connaissance de cause.

« Notre avenir. »

Décontracté, Darius avait pilé devant une porte cochère en bois, encastrée dans un mur sur lequel s'appuyaient les branches de figuiers alourdies par des fruits. Une femme d'une trentaine d'années lui avait ouvert.

« Je suis Fairuz, la sœur de Darius. Venez prendre un thé, venez... »

Darius se débattait avec le coffre. La crainte qu'il ne le fasse tomber m'avait fait bondir du véhicule et, à deux, nous l'avions transporté sans incident majeur. Derrière une grande cour arborée, fleurie et soigneusement balayée, la maison croulait sous une verdure abondante. Fairuz m'avait laissée sur la véranda où elle s'était empressée de revenir avec du thé. Darius avait disparu avec sa cargaison subversive pendant qu'un bambin s'aventurait dans le jardin, suivi d'une femme dont émanait une sollicitude toute maternelle, une amabilité, mais aussi un rien d'espièglerie, comme si la compagnie d'un enfant lui servait d'excuse pour s'adonner à des facéties. Fairuz m'avait présenté son fils et sa propre mère. Rapidement j'avais été introduite par les deux femmes dans les méandres de l'histoire familiale, les conflits, les ambitions, et les espoirs. Le père paraissait le grand absent de ce récit. Darius était réapparu à la fin de la saga qui m'était contée, juste à temps pour qualifier son géniteur de « féodal attaché à des privilèges surannés ». Au moment où nous repartions, une domestique avait apporté une pipe à eau, que la mère et la fille s'étaient mises à pomper avec vigueur. Une fois installée dans la voiture, je n'avais pas pu m'empêcher de lorgner dans le rétroviseur, imaginant un agent de la Savak, le service de renseignement iranien, derrière chaque conducteur des véhicules qui roulaient derrière nous.

Au même moment, le Premier ministre Hoveida avait exprimé le souhait de voir notre spectacle. Ludwik l'avait décrit comme un homme trapu, inexpressif et armé. Quand, quelques années plus tard, la presse mondiale avait reproduit la photo de Hoveida assassiné par les révolutionnaires de Khomeiny, j'avais eu un pincement au cœur, comme s'il s'agissait d'une vieille connaissance. Je m'étais demandé ce qu'il en était de Darius. Lui avait-on tranché la gorge ou était-ce lui qui tranchait la gorge des autres ?

À deux reprises, après mon retour, j'avais reçu des lettres de Darius, dont chacune contenait des photos que j'avais dû en partie censurer. Trop osées pour être commentées en présence d'Edward. Aujourd'hui on s'attendrirait de leur innocence et on les exposerait dans un musée. Le monde a perdu la pureté de ses intentions et la candeur de ses sanglants conflits d'antan.

*

J'ignore quand il est parti. Au réveil, je me retrouve seule face à une matinée ensoleillée qui me donne envie de pleurer. « Repose-toi bien, je passerai ce soir. K. » Les grosses lettres déliées, tracées par Konrad sur une serviette en papier, en disent long de sa désintégration. Jadis son écriture était élégante, souveraine mais retenue. Un accident et un divorce plus tard, elle est devenue désespérée. La fatigue et une sorte de tristesse diffuse, probablement liée à la peur, m'ôtent la capacité de compatir. La peur. Non de mourir. Mais d'avoir eu une vie si agréable que, d'un coup, il me paraît criant que la justice n'est pas de ce monde. Je tente d'être aussi lucide que possible. Le voyage que j'envisage en Inde n'a pas de visée expiatoire. Je n'ai aucun remords, quoique je sois reconnaissante au catholicisme de ce pays de m'avoir distillé, malgré moi, les vertus cardinales – de tempérance, de prudence, de justice… Elles n'ont pas guidé mes choix mais ont suscité en moi un certain inconfort moral, lequel, pour une raison obscure, me semble utile. Et voilà que le petit curé se présente à nouveau à ma porte… Je reconnais sa façon de frapper, à la fois molle et insistante. Qu'il entre. J'ai un service à lui demander.

« Venez, je vous prie.

— Le Seigneur soit avec vous », dit-il à peine le seuil franchi, avant d'apparaître avec ses yeux bleus, un rien livides.

Il s'assoit du bout des fesses sur une chaise, me jette de brefs regards, puis baisse la tête, la relève, me regarde de nouveau, très furtivement, et ainsi de suite.

« Vous savez, vous pouvez vous confesser… Je sais que vous ne croyez pas, mais vous pouvez me faire confiance… Ça fait du bien… », finit-il par lâcher.

Ce qu'ils sont friands de contes amoraux, les cure-tons. Pourvu que vous ayez l'air d'avoir commis quelque infraction cochonne, ce qui est le cas de tout un chacun, ils tendent l'oreille comme des enfants.

« Voyons, voyons… me confesser. Et vous me donnerez l'absolution ? C'est très tentant. D'accord, jeune homme, je vais me confesser. Mais d'abord vous aurez la gentillesse de descendre me chercher un paquet de cigarettes. Pas de cigarettes, pas de confession. »

Dieu, tout ce cirque pour un paquet de cigarettes ! Et voilà qu'il me regarde de nouveau de son regard de martyr.

« C'est un chantage, madame.

— Absolument. Alors, voulez-vous sauver mon âme, oui ou non ? Il faut choisir maintenant. »

Il n'hésite plus. On dirait un exemple de conditionnement pavlovien. Dites-lui « âme » et il se met à saliver.

« Quelles cigarettes voulez-vous ? », me demande-t-il en se levant de la chaise sur laquelle il dépose son livre de prières comme un objet précieux chez un prêteur sur gages.

« Peu importe, pourvu que ce ne soient pas des mentholées. Prenez des sous et filez. »

Je lui montre le tiroir de la petite table de chevet où Edward a glissé quelques zlotys. Il s'approche avec méfiance comme si je m'apprêtais à l'étrangler, puis se retire maladroitement, sans oser se montrer de dos. C'est tout un spectacle.

« Vous m'attendez ? lance-t-il encore sur le point de sortir.

— À votre avis ? Si j'étais en état de me déplacer, je ne ferais pas de vous mon commis. Dépêchez-vous, c'est votre jour de chance. »

J'ai dû m'assoupir car la voix de Bielaszka me parvient comme d'outre-tombe. Avant que je n'ouvre les paupières, je sens l'odeur du café et celle, écœurante, des œufs brouillés. Petit à petit, les taches blanches sur fond gris prennent les formes d'une infirmière filiforme et du plus grand mandarin de Cracovie aux sourcils broussailleux à la Brejnev.

« Bonjour, la belle endormie… On vient vous déranger avec un petit déjeuner, chère Wanda.

— Comment allez-vous, professeur ?

— C'est moi qui vous le demande. Vous avez une petite mine alors que tous vos marqueurs sont stables. Si ce n'est pas une bonne nouvelle !

— Je sauterais bien de joie, si je ne craignais de m'émietter en l'air. Mademoiselle, veuillez reprendre les œufs. C'est dommage de les gaspiller avec un cadavre. En revanche, vous pouvez me laisser les toasts. »

L'infirmière doit faire le bonheur des messieurs venus soigner leur cancer de la prostate. Elle rougit à souhait quand on la félicite sur son chignon haut et lourd, ou quand on lâche une bouffonnerie morbide. On dirait alors qu'une belle pivoine sort de son cou en lieu et place de sa tête.

« Il faudrait mieux manger, chère Wanda. Même si vous n'avez pas d'appétit », remarque Bielaszka avachi dans un fauteuil, la tête appuyée de tout son poids scientifique contre la paume de sa large main.

« Cher professeur, vous n'êtes pas venu ici gaspiller votre temps pour me prodiguer des conseils en diététique… Qu'y a-t-il ? »

Je croque avec peine dans un toast plus dur qu'une semelle de botte cavalière et attends sa réponse.

« Comment se manifestent vos douleurs ?

— Comme des Ukrainiens en 45, à la tombée de la nuit. Et c'est très pénible.

— Et dans la journée ? Bielaszka esquisse un rictus anémique.

— C'est supportable avec les patchs.

— Viendra le moment où nous aurons du mal à contenir vos douleurs, et vous, à les supporter…

— Je sais. Mais quand ?

— C'est difficile à dire. Je crois qu'il faudrait entreprendre les démarches afin de vous trouver une place en soins palliatifs. Croyez-moi, ce n'est pas une simple formalité même en considérant nos relations. Il y a par exemple cette maison, rue Helcow… »

Bielaszka s'emballe, on dirait que nous sommes en train de planifier des vacances sous les tropiques.

« Vous me connaissez depuis vingt ans ? Trente ? La maison rue Helcow est gérée par les bonnes sœurs, n'est-ce pas ? Enfin, c'est sans importance. Quoi qu'il en soit, je n'y mettrai pas les pieds. Ni dans aucune autre, d'ailleurs. Une infirmière à domicile et un lit médicalisé devraient suffire, je suppose. Nous nous arrangerons pour la morphine. En tout cas, là-dessus je compte sur vous.

— Entendu. Ne vous souciez pas de la morphine. Et je resterai à votre disposition, Wanda. »

Mon bon vieux Bielaszka. Sous sa carapace de crocodile, c'est un tendre. Si je n'avais pas prévu de déguerpir au pays des maharadjas, il aurait fallu, tôt ou tard, que je lui demande de m'administrer une surdose. Dans son état actuel, Konrad ne le ferait pas. Je devrais me débrouiller seule, sans garantie aucune de réussite car, bien que ce soit un geste trivial de la pratique de la médecine, se piquer soi-même droit dans une veine requiert une habilité certaine.

« Professeur, je vous enverrai mon mari avec nos remerciements officiels. Vous m'avez rassurée.

— Pas question de remerciements officiels. Si cela suppose ce que je pense que cela suppose… J'étais à un arrêt de bus de la cirrhose du foie après mon divorce, mais je me suis repris. Depuis, pas une goutte ! »

Il quitte la chambre en me saluant, la main levée tel le capitaine solitaire d'un bateau fantôme. Je me dis que je dois agir pour m'éviter les soins palliatifs charitablement prodigués rue Helcow, à grand renfort de chants religieux diffusés par haut-parleurs.

*

Des coups à la porte, faibles et répétés, m'annoncent le retour du curé. Il a tardé. Mon café a refroidi et le plaisir de la cigarette matinale perdra de son intensité. Je dis au curé de rentrer et ne lui laisse pas le temps de me gratifier de sa formule magique, Que le Seigneur… etc.

« Asseyez-vous ou restez debout… seulement n'attendez pas de moi que je m'agenouille devant vous. Ah, ouvrez la fenêtre, s'il vous plaît. Je préfère que cela ne sente pas trop… Mes cigarettes ? »

Il s'approche. Je lui arrache le paquet des mains. Les caractères flegmatiques m'ont toujours incitée à une forme d'agressivité que j'ai du mal à réprimer. J'inspire lentement la fumée, testant la capacité de mes poumons troués à absorber une dose supplémentaire de poison.

« J'ai trompé mon mari. Plus ou moins régulièrement… », j'invente à moitié, curieuse de sa réaction.

« Que le Seigneur vous inspire les paroles justes et les sentiments vrais pour confesser avec contrition vos péchés », prononce-t-il alors, tourné de profil sur la chaise qu'il a adossée au lit.

« Comme vous l'avez entendu, j'ai trompé mon mari…

— Pendant toute la durée de votre vie conjugale ? », demande-t-il sans gêne.

Je décide dès lors de l'être tout autant. Le sentiment de participer à une mascarade me renforce dans la volonté d'exagérer mes fautes, de m'ajouter des vices, d'imaginer une vie de concupiscence et d'infamie à côté de laquelle je suis passée, mais qui mettra le petit curé dans tous ses états.

« J'étais sûre que cela vous intéresserait ! Et pour répondre à votre question… Je ne l'ai trompé qu'une ou deux fois, les trente dernières années, après une relation adultère avec un jeune homme dont j'aurais pu être la mère… La première fois, je crois que c'était lors d'un congrès de pédiatres à Varsovie. Non ! À Kazimierz Dolny. Un collègue. Et ensuite, je m'en souviens bien… il s'agissait de notre vétérinaire de famille, parce qu'il y a des animaux à la maison. Je ne regrette rien, si ce n'est de m'être assagie bien trop tôt. Par ailleurs, à ce péché charnel, se mêle un sentiment de jalousie… Voyez-vous, j'ai envié mon mari de pouvoir continuer à me tromper, alors que moi, j'ai dû céder devant l'obligation de me consacrer à notre vie de famille, à l'éducation de nos deux filles. Maintenant, fermez la fenêtre, je vous prie. Malheureusement, le froid ne conserve que les aliments… »

Perturbé dans l'écoute, il trahit des signes d'agacement. Il se lève pour fermer la fenêtre et reprend sa place en un mouvement éclair, qui me surprend étant donné sa mollesse congénitale.

« Je ne comprends pas… Vous avez épousé un homme que vous n'avez pas aimé ? Parce que l'amour ne peut se réduire à une rencontre hasardeuse, furtive, reprend-il. C'est même le contraire. La conjugalité relève de l'obstination. Sa valeur réside dans la durabilité…

— J'aimerais savoir quelle est votre expérience en matière de conjugalité ? Nous sommes mariés depuis plus de quarante ans, mon mari et moi. Je soupçonne que ce n'est pas l'infidélité en soi, qui vous déplaît, mais l'infidélité des femmes ! Votre goût assumé du morbide, vos hystéries régressives, vos enfantillages, votre Père qui est aux cieux, mais prodigieusement absent ici-bas... Tout m'insupporte ! Et encore, il faut qu'on se confesse ! Votre caste me rebute ! »

Je m'étonne de l'avoir dit, de m'être emportée si facilement, comme si j'étais tombée dans son piège, prenant l'exercice au sérieux. Le profil du curé vire au pourpre. Le sang lui gonfle les veines du cou et pulse à toute vitesse.

« C'est réciproque, madame, glousse-t-il, sans me regarder, votre caste de pourceaux m'écœure tout autant. »

La guerre est déclarée. Nous ressentons tous les deux un plaisir non dissimulé à cracher notre mépris.

« Vous pensez que je ne me suis pas aperçu que vous me prenez pour un plouc intellectuel, un vrai ballot ? Mais si ! Je l'ai su dès votre premier regard. Vous croyez que je ne sais pas qui est votre mari ? Tout le monde le sait. »

Et voilà que le pauvre oisillon en est venu à l'ultime stratagème.

« Je devrais confesser avoir épousé un communiste ?

— Mais ce n'est pas un communiste que vous avez épousé, madame, c'est un opportuniste ! »

Impressionnée par le sens de la repartie de mon confesseur, je décide de soutenir Edward coûte que coûte :

« L'opportunisme est une forme d'intelligence et même la plus élémentaire. Une capacité d'adaptation à un monde que vous défendez mordicus ! La concurrence avec le communisme a été trop rude. Les camarades vous égalaient dans la lubie des restrictions, des privations, d'obstacles à surmonter. Et là, vous respirez à nouveau parce que c'est pire maintenant, quand le paradis est en promotion au supermarché du coin ! Mais, même en promotion, tout le monde ne peut pas se l'offrir. Votre clientèle est toute trouvée… Vous représentez le plus grand parti populiste au monde, jeune homme. Je vous dois combien pour la confession ? »

Il se lève de la chaise et se dirige, sans me regarder, vers la porte. Mes mains tremblent légèrement. La porte claque. Les larmes se mettent à couler le long de mes joues pour je ne sais quelle raison. Il ne me déplairait pas de nuire au curaillon, comme je n'ai encore nui à personne. J'aimerais qu'il fasse l'objet d'une injustice criante, qu'il en souffre et que sa carrière, à supposer que le mot ici convienne, en soit affectée. Je veux qu'il ait à se confronter au mal sans l'aide de son Dieu, si peu disposé par le passé à secourir ceux qui en ont eu besoin. Qu'il reste seul dans la nuit à ruminer et à regretter d'avoir eu l'idée de s'être montré désobligeant à mon encontre. Et puisque je l'ai été autant que lui, il en gardera un souvenir amer.

*

D'un point de vue strictement organisationnel, il me serait plus facile de fuir vers la mort que vers l'Inde. Pas de formalités à remplir pour passer de l'autre côté. Quoique. Qu'on me libère les mains, qu'on me débarrasse de cette perfusion, qu'on m'apporte du papier à lettres, un stylo, le mien, et un cendrier. Je dois m'expliquer devant Edward, qui ne mérite pas que je le quitte comme si je le fuyais. Rédiger un mot à chacune de mes filles. Faire mes adieux à Adam, qui affectionnait les échanges épistolaires et dont j'ai soigneusement sauvegardé les lettres, surtout celles datant de l'état de guerre. Edward et moi avions quitté Wroclaw à l'été 1981. Je n'avais pas encore eu le temps de soigner ma nostalgie, la vie d'avant me manquait, nos virées au Barbara, nos soirées à la Société d'amitié polono-indienne, la présence flottante de Ludwik avec lequel j'avais longtemps gardé des rapports chaleureux. L'état de guerre a coupé dans le vif mes attaches affectives en exacerbant le sentiment d'arrachement. Ce qui explique sans doute que je me souvienne parfaitement de certains passages gribouillés par Adam, dont celui qui décrivait l'entrée de l'armée à Wroclaw, à l'hiver 81.

La neige étouffe le bruit des chenilles, et en me penchant par la fenêtre ce matin j'ai eu l'impression d'observer une colonne de scarabées en marche. L'hôpital est plein à craquer, les gens s'entassent les uns sur les autres dans les couloirs mal chauffés. Ne crois pas que je parle de blessés. Nous avons une épidémie de grippe. De ce fait, les silencieuses manœuvres de ces insectes géants au beau milieu d'une ville d'un demi-million d'habitants paraissent encore plus surréalistes. On n'entend que des rumeurs propagées par les « éléments hostiles », autant dire tout un chacun… Il y aurait eu des milliers d'arrestations, des blindés seraient entrés dans des usines en grève, on aurait battu à mort celui-ci ou celle-là. Tout ce que je constate, c'est que mes toxicos rêvent d'une décadence viscontienne, n'ayant que de l'alcool dénaturé sous la main (qu'ils volent à la femme de ménage, à qui on le distribue pour laver les carreaux)…

Adam avait commencé à travailler au centre thérapeutique de Lubiaz dès l'obtention de son diplôme en psychiatrie. J'ignorais encore les raisons de son choix. Très bien noté à la sortie de la fac, il aurait pu obtenir un poste plus lucratif. En cette période où les Soviétiques menaçaient d'envahir la Pologne, où la majorité de nos concitoyens craignait la répétition de la sanglante répression du Printemps de Prague, où les téléphones ne fonctionnaient pas et où le seul produit alimentaire accessible était le vinaigre, Adam avait réussi à susciter ma curiosité avec ses patients, tous détachés de la réalité.

L'axiologie narcotique à laquelle j'ai alors adhéré et à laquelle j'adhère toujours, rendait répréhensible l'usage purement récréatif des drogues. D'après Adam, impliqué dans la mouvance hippie, la milice distribuait gracieusement des capsules de la morphine la plus pure et bon marché au monde, dans le but de détruire un groupe potentiellement dangereux à la survie d'un État socialiste. Thomas Pynchon avait défendu une théorie similaire dans ses livres, accusant la CIA de narcotiser avec préméditation les pacifistes américains. Quoi qu'il en soit, je n'ai jamais vu un seul morphinomane de mes propres yeux, il m'est seulement arrivé de recevoir des ados dépendants à la colle. L'essentiel de ce qu'il m'a été donné de connaître en la matière, je le dois donc à Adam. Sans lui, je n'aurais jamais eu l'idée de songer à soigner mes douleurs avec de l'herbe.

« Ne sois pas sotte, Wanda ! Ce n'est pas à ton âge que tu vas te mettre à croire en la vertu salvatrice de la douleur, ni à défendre des théories sociales d'arrière-presbytère. En revanche, il n'est pas trop tard pour devenir pionnière dans la promotion du cannabis thérapeutique en Pologne. Qu'en dis-tu ? Essaie au moins… », s'était-il époumoné au téléphone à l'annonce de mon cancer.

J'avais accepté sa proposition, à condition de m'y prendre de manière scientifique. Adam m'avait alors envoyé *La Botanique du cannabis*, un volumineux ouvrage en anglais, de même qu'une dizaine d'adresses de sites Internet à consulter. J'ai compris que nous étions à des années-lumière de ces temps héroïques où les baba-cool polonais ingurgitaient de la bouse de rhinocéros récoltée dans les zoos, se fiant à la légende urbaine qui attribuait à celle-ci des vertus relaxantes.

Mais l'intérêt d'Adam pour les potions magiques n'a pas toujours été professionnel ou intellectuel. Dès le début des années 70, alors que le LSD avait déjà été interdit aux États-Unis, mon ami s'était mis à prospérer. Il avait abandonné sa pestilentielle eau de Cologne « Brutal » de production nationale, au profit d'une eau de toilette anglaise dénichée Dieu sait où. Puis il nous avait épatés avec sa microcitadine Fiat 126, certes plus petite qu'une corbeille à fruits, mais plutôt silencieuse et fiable, comparée à notre tas de ferraille de Trabant 601. Je n'ai jamais posé la moindre question à Adam concernant sa fulgurante ascension économique, m'étonnant toutefois qu'un psychiatre hospitalier sans ancienneté puisse se permettre de telles extravagances. C'est seulement après la chute du Mur, alors que nous nous apprêtions à fêter ensemble l'événement, qu'il m'a parlé de son commerce de LSD. Mettant à profit le seul avantage d'habiter le bloc de l'Est, il s'était débrouillé pour trouver des contacts en Tchécoslovaquie, l'unique pays au monde qui, jusqu'en 1975, produisait du LSD légalement. Dans *The Politics of Ecstasy*, Timothy Leary avait évoqué le trafic de l'acide de la Tchécoslovaquie vers la Californie pendant les années 60 et vanté sa qualité exceptionnelle. Fort d'une expérience sensible, Adam gardait ses consultations en addictologie, essayant tant bien que mal de soigner les toxicomanes selon les procédures de Zbyszek Thille, la légende de l'antipsychiatrie polonaise. Cherchez le paradoxe.

À l'instigation d'Adam, j'avais donc passé commande de graines de cannabis thérapeutique sur un site de vente hollandais. Le cagibi mitoyen du garage m'avait semblé convenable pour y installer ma petite culture, laquelle me faisait encourir une peine de prison ferme comprise entre deux et cinq ans. Vu mon état de santé, je bénéficierais peut-être de la clémence des juges. Un scandale impliquant un membre de l'Académie de médecine en contrarierait beaucoup. D'autres se réjouiraient de voir la femme d'un député de la gauche post-communiste mouillée dans une affaire de drogue, et ne se gêneraient pas pour traîner Edward dans la boue.

*

« Edward, quand es-tu arrivé ? Je ne t'ai pas entendu entrer… »

De la salive s'est accumulée à la commissure de mes lèvres pendant que je somnolais, ce qui m'empêche d'articuler correctement. Edward se tient dans le fauteuil, *Gazeta Wyborcza* dépliée sur les genoux.

« Je n'ai pas voulu te réveiller. Mais je t'ai apporté tout ce que tu m'as demandé et même plus. Regarde ce qu'il y a dans la Thermos… Des pirojki faits maison par Maria. Je l'ai dissuadée de venir aujourd'hui, mais dimanche je ne pourrai pas la retenir. Je t'ai pris ton téléphone portable, si tu veux l'appeler pour la remercier. »

Tout frais et bien repassé, Edward me parle avec une distance intérieure, qu'il observe chaque fois que ses affaires le préoccupent et que son cerveau sépare les fonctions affectives des fonctions cognitives, forçant les deux à traiter en même temps des informations de nature totalement distincte. Mentalement, il doit être en train de rédiger un contrat ou d'élaborer un stratagème susceptible de mettre sur le carreau un de ses concurrents, tout en manifestant un réel intérêt à mon égard. Je me contente donc de communiquer en phrases simples et termes monosémiques. Il n'y a pas de raison qu'il rate le titre d'« Entrepreneur de l'Année » à cause de mon cancer.

« Je n'y manquerai pas. Elle est adorable. J'ai mangé une semelle de botte au petit déjeuner…

— Et depuis ? Il est presque cinq heures du soir ! Ce n'est pas sérieux ! Tu devrais te nourrir. »

Soucieuse de lui faire plaisir, je m'apprête à dévisser la Thermos, bien que la seule idée de tenir une fourchette me décourage.

« Dans la matinée j'ai lâché les lions contre un bon chrétien, dis-je avec satisfaction à Edward.

— J'espère que les lions ne sont pas restés le ventre vide comme toi. »

Il rigole, puis, en m'observant batailler avec la Thermos, il se lève, l'ouvre, tire le fauteuil près du lit et s'applique à me donner la becquée.

« Les lions ont bouffé un petit curé…, dis-je, en avalant une bouchée qui sent fort les cèpes.

— Un petit curé, ça n'a pas de goût, voyons ! Tant qu'à faire, il fallait s'en prendre à un évêque, tranche Edward.

— Un évêque ? Trop gras.

— Et les pirojki de Maria ?

— Délicieux. Si j'étais toi, je me mettrais à chercher une femme qui sache faire la cuisine. »

Edward ne bronche pas. Comme si je lui avais suggéré de changer de voiture et non pas d'envisager sa vie après ma mort.

« Le souci, c'est que je suis déjà marié. Et depuis le jour de mon mariage, je n'ai cherché qu'une seule chose – garder ma femme », affirme-t-il sur un ton presque indifférent, m'entraînant dans un jeu auquel j'ai envie de participer.

« Mais elle s'en va, ta femme…

— Wanda… J'y pense, j'y pense, et… », la voix d'Edward se brise soudain et plonge au fond de sa cage thoracique d'où parviennent une seconde plus tard quelques sons indistincts.

« Te rends-tu compte, Wanda… Nous avons vécu un siècle ensemble ! Nom d'un chien… Un siècle ! Comment avons-nous réussi, explique-moi ? Je t'ai aimée quand Coltrane a enregistré *Meditations,* et alors que je n'avais même pas de quoi me payer le disque… les filles sont nées. Gabriela, l'année de la sortie de *Children of the Fire* de Peterson. Si ce n'était pas un signe… et Marta est arrivée en même temps que *Lush Life* de Lewis ! Les tramways à Cracovie avaient des bancs en bois… tu portais souvent une robe cache-cœur toute en petites fleurs dans les tons bleus, et je te disais que tu étais mon *Kind of Blue*… Nous avons découpé un demi-cochon ensemble, cela ne s'invente pas ! Un demi-cochon de contrebande, doux Jésus ! Crois-tu sincèrement qu'il existe encore des femmes qui savent écouter du jazz et couper un demi-cochon en petits morceaux pour en faire des marinades ? Avec ton premier vrai salaire, tu m'as acheté un bouquin de psychologie… Tu m'as offert ce fichu bouquin sur la pyramide des besoins de Maslow et je me suis alors dit que ça ne serait pas facile entre nous. Mais je l'ai lu, parce que j'avais peur que tu me questionnes. J'en ai été très troublé. Tu as comblé mes besoins de sécurité, d'appartenance, d'estime et d'accomplissement, c'est-à-dire tous les besoins d'un homme… Comment veux-tu que je fasse maintenant ? Tu es mon album de jazz préféré, tu es ma maison, tu es ma raison folle, tu es ma retraite, tu es mon verre de vodka… Parle à ta maladie, je t'en supplie ! Il y a ces trucs d'autopersuasion qui marchent très fort… Nous avons, ensemble, survécu à un monde qui s'est écroulé… le comprends-tu ? L'Union soviétique est enterrée, la Tchécoslovaquie est une vieille blague, la RDA n'est qu'un film d'archive, la Yougoslavie n'en parlons même pas… mais nous, nous sommes toujours là ! Nous avons résisté au communisme et à la chute du communisme, nous avons vu un Polonais devenir pape, et un Noir président des États-Unis, nous avons tenu tête au marché libre, à l'inflation, aux barbecues de nos voisins… Sans toi, je n'aurai pas la force d'affronter un autre monde encore. Je n'y arriverai pas, ma jolie. Tout va à une telle vitesse… J'ai eu Marta sur Skype, hier. Elle est enceinte. J'ai promis de ne rien te dire parce qu'elle veut te le faire savoir personnellement quand tu seras rentrée à la maison. Je suis perdu, Wanda. Tellement perdu… Moi, grand-père d'un petit Américain… Il faudra que tu sois là, que tu m'aides à lui expliquer d'où nous venons. C'est important. Il faut qu'il le sache, ce petit… »

La nuit est tombée, légère comme un foulard en mousseline. Restée ouverte, la Thermos a laissé refroidir son contenu que j'ai à peine entamé. Edward se mouche bruyamment dans la serviette en papier entachée de gras, restée sur mes genoux. Je lui tends une cigarette et m'en prends une aussi, en lui demandant d'ouvrir la fenêtre.

« Cela fait vingt ans que je n'ai pas fumé… À cause de toi, d'ailleurs ! Tu m'avais dit que le mélange de cigarettes et de vodka était trop mauvais. J'ai choisi la vodka, et toi tu es restée avec tes cigarettes. Si nous avions picolé tous les deux, cela aurait été plus marrant et nous n'en serions pas là. L'alcool conserve. La preuve ! Je suis en forme. Seulement je me demande à quoi cela me sert. »

Tourné de dos et face à la fenêtre, Edward ne pense plus s'arrêter. Il va droit à son affaire, et son affaire est de me convaincre de ne pas mourir. Rien de moins.

« La forme, Edward ? Tu en auras besoin quand il faudra apprendre au petit à monter à cheval. Désormais tu es le dernier à pouvoir le faire. Marta ne voudra jamais confier son enfant à Gabriela pour des cours d'équitation, et je la comprends. Maintenant, si tu m'aidais à me doucher… »

Il m'observe avec une considération infinie alors que j'enlève ma perfusion. Il se tient un peu raide à mes côtés, prêt à exécuter mes ordres. Je lui demande de prendre la trousse de toilette dans une main et de m'épauler de l'autre. Mais il préfère déposer d'abord la trousse de toilette dans la salle de bains et disposer de ses deux mains « au cas où ». Je le rassure, en lui disant qu'il se débrouille comme une aide-soignante diplômée. J'ai la tête qui tourne, la tête qui se dévisse. Le miroir, éclairé par une lumière crue, me renvoie l'image d'un être sans âge, sans sexe, sans traits précis. Vient le moment où il faut que j'enlève ma chemise d'hôpital, avec sa fermeture à pressions dans le dos. Edward l'ouvre délicatement, à croire qu'il déboutonne une robe de soirée. Nous avons peut-être survécu à la chute du communisme, mais mon espérance de vie est inférieure à celle de mon tube de dentifrice. Je préfère ne pas infliger la vue de ce corps étranger, auquel je ne parviens pas à m'habituer, squelettique, jaunâtre, dépecé comme celui du cochon destiné à une marinade, à l'homme avec qui j'ai partagé quarante ans de ma vie.

« Je te remercie, Edward. Il vaut mieux que tu m'attendes derrière la porte.

— Ne fais pas de manières, ma jolie. Si tu glisses, je ne te servirai à rien derrière la porte. »

Lui enlaçant le cou, je lui dis qu'une mort telle que la mienne est une honte et qu'il n'a pas à la contempler, qu'il ne lui appartient pas de forcer la serrure de ce qui devrait rester derrière une porte blindée. Il conteste, affirme qu'une mort ne peut pas être moins honteuse ou plus glorieuse qu'une autre, qu'une « belle mort » n'est qu'une vue de l'esprit, une façon de tromper notre effroi. Enfin, désemparé, il sort de la salle de bains, exigeant toutefois que la porte reste entrouverte. Je le lui accorde bien volontiers, exténuée par nos palabres. Le jet d'eau sur ma peau de papier me fait tressauter. Je me surprends à ne pas penser à mon petit enfant à naître. Ma seule préoccupation est de ne pas partir avec, pour dernière image, celle de l'hôpital. Je ne le veux pas, je cherche donc à préciser ce que je souhaite, et tandis que je savonne mes fesses fondues, aussi plates qu'une galette de pain oriental, je vois des gens autour de moi, affairés à pousser leur vie de l'avant, à préparer un repas, à balayer leur gourbi, à chantonner, à allumer du feu, sans s'émouvoir de mon agonie. J'aimerais pouvoir partager leur confiance que rien ne s'achève, que tout se transforme, revient tôt ou tard sous une forme ou une autre, et qu'il serait, par conséquent, vain de se formaliser sur le simple fait de mourir. Mais comment surpasser l'émotion que m'inspire Edward ?

« J'ai fini, tu peux entrer », je lance vers la porte.

Edward se presse d'entrer au moment où une nouvelle attaque de toux me prend au dépourvu. Un filet de salive ensanglantée s'échappe de mes lèvres. Le regard d'Edward est celui d'un enfant effrayé. Il jette la serviette à terre, à l'emplacement même du crachat et la piétine avec frénésie comme s'il voulait écraser une blatte.

« Edward, tu ne pourras pas arrêter l'inéluctable... Ce n'est déjà pas très chic de faire de toi un veuf, mais si en plus je fais de toi un veuf triste... ! »

Il fulmine en silence, les mains sur les hanches, poings serrés, les jambes écartées. On dirait qu'il expertise le chantier qui se dévoile devant lui.

« J'ai l'impression de ne plus contrôler ma vie. Nom de Dieu ! On fait de moi un veuf, un grand-père et bientôt le Parti fera de moi un membre émérite. À cause de vos conneries je ne sais plus qui je suis !

— Tu es intelligent, tu sauras t'adapter. »

Nous passons encore une heure ensemble. Il me parle de la signature de l'accord d'association entre l'Union européenne et l'Ukraine en faveur duquel il a bataillé tout au long de son mandat, de la nomination d'un nouveau ministre de l'Agriculture après que l'ancien s'est révélé incapable de contenir l'épidémie de peste porcine venue d'on ne sait où pour décimer nos sangliers polonais, de la mystérieuse disparition d'un avion de

Malaysia Airlines en plein océan Indien et des hypothèses les plus folles censées l'expliquer. En partant, il me laisse cent zlotys en petites coupures dans le tiroir. Dans un excès de moquerie je lui embrasse la main. Il en rit.

Après le départ d'Edward, des crevasses apparaissent dans le ciel, l'orage pousse un grondement, un éclair traverse la rue derrière la fenêtre et, un court instant, la chambre est plongée dans une lumière de Jugement dernier. Konrad entre sans que je l'entende frapper. Il semble sur le qui-vive, aussi froissé que Edward était repassé, en proie à quelque agitation inédite, sans doute en lien avec son crime.

« Konrad, tu as l'air épouvantable. Et puisque nous ne sommes plus à l'heure des vapeurs et des vexations, pourrais-tu m'expliquer comment un pédiatre avec une tête pareille peut susciter la confiance ? »

Le précipice est en lui. Il n'a plus les moyens de le fuir, cela se voit.

« Wanda, si tu savais à quel point je m'en tape ! Les enfants me font peur, j'ai du mal à les toucher. Mais ce n'est pas ça... Cette nuit... après notre discussion, je me suis dit que je pourrais t'accompagner. Peu importe où, ça m'est égal. J'ai un ami, un ancien copain de lycée qui dirige une grande agence de voyages. Ils s'occupent de tout : vols, hôtels, bagages, visas, locations de voitures… Où veux-tu aller ? Dans trois jours, nous y sommes ! »

Imprégné de l'odeur de tabac, Konrad cahote à travers la pièce, étirant ses phalanges jusqu'à ce qu'elles émettent, une par une, un petit craquement sec.

« L'enfant t'attendra à la sortie de l'avion », dis-je, lui mettant le nez dans l'absurdité de son projet.

Il glisse le long du mur qui fait face au lit et s'accroupit sans force, la tête enfouie entre les mains. Il les remonte vers le sommet du crâne, ramassant ses beaux cheveux en une crête qui se dresse à travers ses doigts.

« Voudrais-tu me donner mon sac à main, il est dans l'armoire. »

Il ne se hâte pas. Son silence contient quelque chose d'accusateur, comme s'il m'en voulait d'avoir calciné son dernier grain d'espoir, fût-il insensé.

« Tiens, voici mon passeport et ma carte bleue. Il faut que tu notes le code quelque part. Essaie de ne pas la perdre, il y a une petite somme là-dessus…

— C'est comme ça que vous dites, ton mari et toi ? *On a une petite fortune…* C'est mignon. Que veux-tu que je fasse avec ton passeport et ta carte bleue ?

— J'aimerais que tu m'achètes un aller simple pour… Je n'en sais trop rien. Calcutta ou un aéroport plus proche de Bénarès, s'il y en a un. Il faudra également que ton copain de lycée s'occupe de mon visa indien. »

Konrad se racle la gorge avant de me corriger :

« De nos visas indiens…

— Non, du mien. Tu restes là, sinon tu vas où tu veux, mais sûrement pas avec moi. Inutile de préciser que je prendrai une place en première ou en business.

— Je ne ferai rien tant que tu ne m'auras pas promis que nous partons ensemble. Hors de question que tu prennes l'avion seule dans ton état.

— Tu es devenu impossible, Konrad. D'une part, tu te comportes en salaud, d'autre part je me demande ce que tu irais faire en Inde ?

— Je n'y ai pas pensé, à dire vrai. Il faut que je parte, c'est tout.

— D'accord. Mais à condition que nous nous séparions une fois en Inde. Comment penses-tu donner ton préavis à l'hôpital ? La moindre des choses serait de leur laisser le temps de trouver quelqu'un pour te remplacer. »

Konrad me lorgne du coin de l'œil, sans véritablement me regarder :

« Wanda, je m'en fiche. Ils se débrouilleront. À ce propos, il y a un souci… Lubelski rentre de son congé dimanche matin. Quand il sera là, il ne te quittera plus d'une semelle.

— Je considère que c'est ton problème. Tu n'as qu'à trouver un moyen de…

— Alors, si c'est mon problème, je le réglerai à ma manière.

— Parfait ! Tu le régleras à ta manière.

— Bien ! Nous avançons vite. Quand je viendrai demain matin au boulot, je passerai te déposer le double de ma clé. Tu signeras la décharge et sortiras aussi vite que possible, avant que Bielaszka ne se pointe. Habituellement il vient vers onze heures. »

Le plan esquissé par Konrad paraît d'un romanesque tellement extravagant que, hormis Gabriela, je ne connais personne capable de le cautionner. Il faut reconnaître pourtant que je lui ai permis de poursuivre son délire jusqu'à ce point, au lieu de me tenir ferme à l'idée originelle d'un voyage solitaire. Inutile de tergiverser, la faute m'incombe. Qu'est-ce qui m'a poussée sur cette pente de douce folie ? Le sens pratique ? La peur de l'épreuve physique dont je dois me douter inconsciemment qu'elle est au-delà de mes forces ? Le sentimentalisme d'une vieille femme ridicule, flattée de susciter soudain la sollicitude et l'inquiétude de son ancien amant ? Il est à craindre que j'aie déjà des métastases au cerveau !

« Mais tu es complètement fou, Konrad ! Il ne suffit pas que je m'enfuie avec toi en Inde, en plus il faudrait que je le fasse en pyjama ! Pince-moi, je t'en prie ! Nous sommes ici en oncologie ou en psychiatrie ?

— En ce cas, je suppose que tu préféreras partir avec ton mari, qui se chargera des formalités. »

Satisfait de sa riposte, Konrad s'assoit enfin et me fixe d'un regard interrogateur. Je capitule. Il ne lâchera pas la partie.

« Tâche de m'acheter une paire de baskets, mais sobres. Et un pull ou un blouson à enfiler par-dessus le pyjama.

— Sois prête vers neuf heures et demie. Maintenant, s'il te plaît, laisse-moi travailler. Tu as des nœuds énergétiques qu'il est urgent de traiter. Je prépare les aiguilles.

— Va te les mettre où je pense, tes aiguilles ! »

Konrad pouffe de rire, mais je n'y prête plus attention, prenant la mesure de ma propre insolence. Pourquoi mourir au bord du Gange serait-il moins difficile qu'au bord des lèvres d'Edward, où je pourrais me dissiper dans son souffle et rester ainsi avec lui, encore un temps ? Ce n'est pas la question. Et je le sais. Edward en serait trop abîmé et trop longtemps malheureux, incapable de se libérer de ma présence qui deviendrait, à force, une sorte de douleur fantôme. Mieux vaut qu'il soit en colère.

Je regarde par la fenêtre, les arbres noirs et nus, comme sur un pastel de Wyspianski. Autrefois, Konrad dessinait leurs ramifications, des cimes aux racines, glissant son index le long de mon dos. Je lui ai demandé pourquoi il commençait toujours par les sommets. Pour savourer le plaisir d'arriver à la chute de tes reins, m'avait-il répondu. Qui aurait prévu que nous terminerions tels des naufragés ?

Renaîtrons-nous là-bas ? Vraiment ?

Mon complice revient le lendemain matin avec un sac publicitaire d'où il sort une paire de boots Timberland et une parka kaki.

« On dirait que l'esprit d'aventure ne te quitte plus... »

Il passe outre à mon propos et me tend la clé de son appartement, attachée à une breloque en forme de gant de baseball frappé de l'emblème du Pacifics San Raphael Baseball Club.

« Mon fils en est supporter », s'explique-t-il en réponse à mon rictus moqueur.

Je lui demande de m'excuser et mets la clé dans mon sac, notant mentalement toutes ses instructions : allumer doucement la gazinière qui « pète », utiliser d'abord la télécommande noire, bouton vert, ensuite la télécommande grise, bouton « 1 », appuyer sur Rez-de-Chaussée au cas où l'ascenseur s'arrêterait entre deux étages, ne pas nourrir les pigeons qui nichent sur le rebord de la fenêtre de la cuisine.

« Je t'ai préparé le lit dans ma chambre. Je dormirai sur le canapé. Vas-y maintenant. Je tâcherai de rentrer tôt et apporterai de quoi dîner. Il n'y a pas grand-chose... Généralement je mange dehors. »

J'enfile les chaussettes, les bottillons de trappeur raides à souhait, ramasse mes effets personnels éparpillés entre le tiroir, l'armoire et la salle de bains, me laisse aider à mettre la parka qui me donne l'air d'une clocharde, puis confie mon passeport à Konrad. Il doit le remettre à son ami pendant la pause déjeuner. Je tousse au moindre effort, tant et si bien que la perspective d'un simple trajet en taxi m'incite à renoncer. Mais je m'accroche à cette vision chimérique d'une mort au milieu d'inconnus, dans un pays où il n'est ni honteux ni étonnant de mourir.

À l'accueil, je déroule mon petit laïus d'un ton ferme.

« Je souhaite interrompre mon hospitalisation et sortir tout de suite. Mon nom est Bartel. J'étais admise en cancérologie.

— Vous avez de la chance... J'aimerais pouvoir sortir d'ici, moi aussi, me lance une des infirmières.

— Votre médecin traitant n'est pas au courant, madame Bartel ? me demande une autre, pulpeuse et timide, que je décide d'intimider davantage.

— Je suis médecin moi-même, mademoiselle. »

L'admission d'un SDF passablement alcoolisé, couvert de sang et de vomi, perturbe à peine le déroulement des formalités pour ma sortie. Sur mes jambes flageolantes, je me fraie un passage jusqu'à la porte automatique. Une fois dehors, je me sens renaître. Il pleuviote. Je tousse. Sous ma capuche, j'ai l'impression de devenir invisible, avant-goût de mon aventure indienne. Je m'arrête pour acheter des bretzels à une bonne âme d'à peu près mon âge, mais bien en chair et toute en sourires, plantée sous un immense parasol rouge avec son chariot rempli à ras bord. Puis je monte dans un des taxis garés à deux pas de l'hôpital et demande à être conduite rue Saint-Marc.

*

L'appartement de Konrad sent la cigarette. Qui aurait pu imaginer que tout se terminerait ici et de cette façon... Je pénètre dans le salon, qui me paraît plus grand que dans mes souvenirs, comme si j'entrais en hypnose. Je me laisse choir sur le canapé, ferme les yeux mais garde ma capuche sur la tête, me remémorant nos conversations d'il y a vingt ans.

« Nous verrons-nous encore cette semaine ?

— J'en doute.

— Alors quand ? »

La fièvre me reprend les quelques forces qui m'ont permis d'arriver jusqu'ici. C'est à peine si j'ai assez d'énergie pour répondre au texto de Konrad, qui me demande si tout se passe bien. Que faire d'Edward ? Le prévenir de ne pas aller à l'hôpital ? Attendre qu'il m'appelle ? Une belle vacherie que cette évasion. Probablement ma seule trahison en quarante ans de mariage, et dont je ne connais pas d'équivalent dans notre entourage, sinon la demande d'asile politique déposée aux États-Unis par Grotowski en 1982.

Quoique terrifiant, le régime autorisait néanmoins les artistes ayant des contrats signés en Occident à voyager. Ainsi Ludwik avait-il pu se rendre à Berlin, puis en France. Cependant, personne n'avait choisi l'exil. Personne non plus n'avait fait de reproches au Boss. Mais si nous avions eu le courage de rester, c'était probablement parce que nous en manquions pour fuir. À présent, je suis encore moins encline à comdamner Le Boss. Cependant, ma compassion allait vers Ludwik et lui seul. Trente années d'amitié et de collaboration balayées d'un revers de main sans autre forme d'excuse. Apparemment

Le Boss l'aurait incité à suivre son exemple, à s'exiler, en se gardant de lui donner des instructions précises dans le cas où il déciderait de s'accrocher à Wroclaw. Ludwik avait dirigé la troupe jusqu'en 84 ou 85, puis l'avait dissoute et s'était réfugié en France. Je n'ai jamais cherché à savoir comment il y vivait.

*

Décidée à me lever du canapé pour trouver une feuille de papier, je note que l'affiche des Dead Kennedys a disparu de la chambre dont on a récemment refait la peinture, tout comme celle du salon, réussissant à transformer les deux pièces, autrefois encombrées de vieilleries sans valeur et sans charme, en un intérieur agréable, aéré et très tendance. Sur la petite table près du lit, trois cadres fins en argent racontent la félicité perdue. La première photo montre deux garçons d'environ six et neuf ans devant une spacieuse demeure de plain-pied. L'accent ironique réside dans le détail qu'ils ont les yeux légèrement bridés et les cheveux bien plus lisses que ceux de leur père. Ils sont de cette beauté sereine, apaisante, qui reflète quelque chose de spirituel, de lointain et aussi d'obéissant. Plus âgés d'une dizaine d'années sur la deuxième photographie, ils fixent un horizon invisible, tandis que le vent chasse les franges de leurs fronts et leur fait plisser les yeux. Le temps leur a enlevé la douceur, accentuant leurs traits orientaux. Mais le cadre le plus bouleversant est le dernier, qui encercle le vide, un fond en carton rigide. À quoi pouvait-il ressembler, cet enfant tué ?

Enfin, je trouve un cahier à spirale dont je me contenterai pour rédiger mes lettres.

Pourquoi n'ai-je pas enlevé mes godillots plus tôt ? J'ai les pieds meurtris. Et tellement soif qu'il m'est impossible de décoller mes lèvres. La cuisine a subi de gros travaux d'aménagement. Les vieilles tomettes ont été remplacées par des carreaux en travertin, la boiserie vernie arrachée, la table en formica et les chaises assorties virées au profit d'un comptoir. Tout respire une simplicité dépouillée. Je me saisis de la bouilloire et choisis un thé aux fruits de la passion. Les dosettes sont en vrac dans un bocal en verre rangé parmi d'autres sur une étagère maintenue à l'aide d'une corde. Il faut croire que les lectures de Konrad ces dernières années se sont limitées à *AD Magazine*. Ma tasse de thé à la main, je retourne dans la chambre d'où je ne bougerai plus même si le lit prend feu. Que dire à Adam ? Que des choses essentielles. Mais séparer l'utile du futile me fatigue le cerveau.

Mon cher Escobar,

Que la raison et le respect pour notre amitié te préservent de toute implication dans les recherches qu'Edward aura certainement entreprises au moment où tu liras ces mots. De la même façon que je me suis gardée de faire des commentaires sur ton commerce d'Eucharistie alternative, méfie-toi de la tentation d'interpréter ma disparition, laquelle n'a rien de mystérieuse en soi.

Au moment où s'achève mon séjour ici-bas, j'éprouve le besoin de retrouver un peu de l'inconfort d'autrefois, de réintégrer cette période enchantée qui m'a été si chère. Je pense en avoir trouvé le moyen… Tu me diras que je n'ai jamais été une anticonformiste. C'est vrai. Et je n'ai pas changé sous l'influence de la morphine que j'ingurgite aux frais de l'État, ou de ma maladie (elle ne m'a rien appris). Surtout, je préfère être non conforme qu'anticonformiste. Et c'est en rejetant l'option d'une mort conforme à nos tristes coutumes – les pleurs, les adieux, les enterrements ruineux et le repos éternel sous une dalle en granit –, c'est donc, en voulant m'éviter les épitaphes et les couronnes, que j'ai choisi de partir…

Tout au long de ces années, tu as été une présence solaire dans ma vie et une remise en question salutaire de mes certitudes. Que les dieux de ton choix t'accordent leur grâce !

Il y aurait tant à ajouter. Mais la cohérence veut que je ne rédige pas le discours de mes propres funérailles, puisque je refuse d'y participer. Étrange. Je ne me suis même pas aperçue qu'il n'y avait rien de vivant dans cet appartement, rien dont il faudrait prendre soin, pas même un cactus auquel dire « bonjour » le matin. Je retourne dans la cuisine vérifier ce qu'il en est de ces maudits pigeons. Les légères traces de fiente sur le rebord de la fenêtre témoignent-elles du professionnalisme de la femme de ménage de Konrad ou de sa propre obsession de vivre dans un environnement aseptisé ? Si cela ne dépendait que de moi, j'interdirais de soigner les leucémies aiguës ou autres aplasies médullaires en chambre stérile. Quand on ne peut plus affronter le vivant, c'est qu'on est déjà mort d'une façon ou d'une autre. Il y a des cornflakes dans un de ces bocaux où il enferme tout. Les pigeons ne devraient pas les détester. Et si à l'occasion ils fientaient, j'y verrais un signe de chance. Adolf Rudnicki, que j'apprécie comme écrivain, a dit quelque part que depuis la guerre, il avait peur des gens trop bien habillés, trop bien lavés, car cela suffisait à les séparer de ceux qui étaient moins propres, et à les rendre méprisables. Bien que je n'aie pas connu la guerre, j'éprouve moi aussi de la méfiance à l'encontre des individus qui sentent uniquement l'assouplissant.

Ça alors ! Les fenêtres aussi ont été changées pour des doubles vitrages. Il n'a pas fait les choses à moitié pour se couper de la vie. Ce n'est pas étonnant qu'après deux années d'enfermement dans son mausolée, il perde la tête, le pauvre garçon, et songe à s'enfuir en Uttar Pradesh avec le cadavre de son ancienne maîtresse. Et encore ! Il y a plus de vie dans une seule de mes cellules cancéreuses qu'en lui tout entier. Travailler auprès de Wladek lui ferait le plus grand bien – toucher à la terre, remuer le fumier, élaguer. Soigner la nature lui redonnerait peut-être le goût de soigner les humains. En tout cas, ça a sauvé mon frère. Je n'ai qu'à profiter de ces quelques instants de lucidité, avant de sombrer à nouveau dans le sommeil, pour lui écrire un mot.

Cher Wladek,

N'aie pas peur pour moi. N'aie pas peur de cette lettre.

Nous avons manqué de trop nombreuses occasions de nous parler. Mais je t'aurais choisi comme frère une deuxième et une troisième fois, si de secrètes forces ne l'avaient fait à ma place. Tu aurais raison de me reprocher de m'être trop éloignée de toi. Le courage m'a manqué pour garder les liens étroits qui m'auraient obligée à me confronter sans cesse au passé, et donc à cet impardonnable gâchis des années d'après-guerre et de notre enfance... Nous aurions dû être heureux de ne pas être nés plus tôt. Pourtant, je me suis seulement sentie chanceuse d'avoir survécu à la dureté de notre mère, à la mélancolie de notre père, à leur honte de la pauvreté, aux ressentiments, à cette nuisible nostalgie de Lvov... Je leur en ai voulu de ne pas nous avoir appris à apprécier ce que nous avions – une famille, une maison, des arbres, des livres (certes, empruntés, mais des livres tout de même), l'eau du puits au goût de fer, et un feu au parfum de pommes de pin... A-t-on besoin de plus ?

Puis, un jour à Wroclaw, tu m'as dit : « Je mérite la forêt. » J'en ai été terriblement affectée, parce que j'ai compris ce que cela signifiait. Tu trouvais dans la forêt ce que notre père avait trouvé dans ses chevaux et notre mère au théâtre. Ce quelque chose qui est moins une consolation qu'une aspiration. En réalité, en me disant « Je mérite la forêt », tu m'as dit que rien n'était définitivement perdu, contrairement à ce que pensaient nos parents, parce qu'il y a toujours de la beauté quelque part.

De la misère des années passées à la fac, j'ai gardé des souvenirs formidables. Tu y as contribué en partie, bien que tu aies été presque absent de ma vie de l'époque. Mais il y a probablement eu du bon dans cette absence (et dans cet abandon, car je t'ai abandonné, j'en suis consciente). C'est que tu as pu te construire seul. Je ne le dis pas dans le but de minimiser ma faute. Je le dis parce que ta fragilité m'inquiétait, comme si j'avais peur d'en être contaminée et, en même temps, comme si je m'étais sentie obligée de la « soigner ». Il n'y avait pas lieu de soigner quoi que ce soit. On ne guérit pas d'une sensibilité, même si on peut en souffrir. Tu m'as aidée à le comprendre. Et tu m'as prouvé que tu étais bien plus costaud que je le craignais.

Wladek, je ne te remercierai jamais assez d'avoir transmis à Gabriela cette confiance souveraine que vous avez en vous, envers et malgré tout. C'était mon rôle de le faire. Mais tu as été plus crédible et plus doué que moi. Contrairement à ce qu'elle croit, je n'ai jamais été jalouse de votre relation. Au contraire, je la bénissais ! Et je souhaite de tout cœur que vous continuiez à veiller l'un sur l'autre.

S'il ne faut pas que tu t'inquiètes de ce qui peut m'arriver, c'est parce que, moi aussi, j'ai fini par trouver ma forêt... Enfin, je crois.

Après relecture, je constate que je me suis un peu laissée aller vers la fin. La « confiance souveraine »... ? Je n'ai aucune idée de ce que cela veut dire. Surtout qu'il ne se passe pas une seule journée sans que je tremble pour l'un ou pour l'autre, Gabriela ou Wladek. D'ailleurs, plus ils affichent de « confiance souveraine » en eux-mêmes, plus je me fais de souci. Parfois à tort, j'en conviens. Mais qu'adviendra-t-il quand Wladek comprendra que malgré leurs affinités incontestables, Gabriela n'est pas prête à quitter son coin de Provence au profit d'une propriété en Basse-Silésie ? Il a fait d'elle son unique héritière, sans prendre la peine de lui en parler avant. S'il n'y avait que le terrain, le problème serait moins difficile à résoudre. Mais il s'agit avant tout d'animaux – des chiens, des chats, un cochon de compagnie, des chèvres, un cheval, une jument aveugle, à quoi s'ajoutent des pensionnaires temporaires en nombre variable, recueillis afin d'être soignés, que ce soient des sangliers, des renards ou des hérissons. Certes, Wladek n'est pas à l'article de la mort et, statistiquement parlant, à soixante-cinq ans, il risque de survivre à sa ménagerie. D'aucuns parleraient plutôt d'une chance. D'évidence, il ne partage pas leur avis. Lorsque ses bêtes se mettront à disparaître l'une après l'autre, il deviendra fou de chagrin. Et Gabriela se sentira coupable de voir Wladek dépérir.

Combien de temps aura-t-il encore la force de se lever aux aurores, de courir par moins vingt degrés pour remplir les mangeoires, couper du bois le matin et rédiger ses rapports le soir ? À l'exemple de notre mère, la fierté de mon frère lui interdit de déléguer des tâches, pas plus que de se faire aider. D'ailleurs sa solitude lui donne l'illusion d'une maîtrise de soi. Par peur d'entendre la vérité plus que par pudeur, je ne lui ai jamais demandé ce qu'il craignait de mettre en jeu, s'il laissait sa porte entrouverte. La vie affective de mon frère demeure aussi mystérieuse que celle des moucherolles royaux d'Amazonie.

Gabriela, elle, n'arrête pas de nous surprendre, allant d'aventure en aventure, à raison d'une demi-douzaine de petits copains par an dont elle confond les prénoms. N'y a-t-il pas un âge à partir duquel il devient ridicule de qualifier l'homme avec qui on couche de « petit copain » ? Il faudra que je lui en parle dans la lettre que je vais lui écrire. Demain. Le sommeil et la faim m'ôtent toute acuité. Je n'ai qu'à me lever et aller chercher dans la cuisine un bretzel acheté ce matin, ou les cornflakes des pigeons, pour calmer mon estomac et m'endormir. Mais je n'en ai pas envie. Cette brume qui pénètre mon cerveau me rend inerte.

*

Je me réveille en toussant et cherche désespérément le bouton d'appel de l'infirmière. En tournant la tête, j'aperçois les faces de deux adolescents asiatiques. Je sursaute de surprise.

« Tout va bien, Wanda, me rassure Konrad. Tu as dû faire un mauvais rêve. Bois un peu. Nos émincés de poulet aux légumes seront prêts dans quelques secondes... »

L'horloge du décodeur placé sous le poste de télé affiche 21 heures quand Konrad entre dans la chambre avec un plateau chargé de ses émincés de poulet accompagnés de galettes de pommes de terre. Il cale mon coussin contre la tête de lit et m'assure que cela ne le dérange pas de dîner assis dans un fauteuil en face de moi. Le plat paraît très appétissant, il sent bon, mais la réminiscence de mon rêve me coupe l'appétit. Je picore, mâche avec peine comme si je craignais de réduire en poudre mes dents poreuses, et m'enquiers des réactions à l'hôpital après mon départ. Konrad me répond avec parcimonie, coupé par une double sonnerie de téléphone qu'il laisse sans suite.

« Tu as croisé mon mari ? M'a-t-il cherchée ? »

Avant qu'il me réponde par l'affirmative, je lui demande de retrouver mon portable qui a dû tomber par terre quand je dormais. Il me le tend, visiblement alerté par le voyant rouge qui clignote en me signalant des appels manqués. Onze au total, tous d'Edward, sans compter plusieurs textos.

« Que faut-il que je fasse ?

— Rien. Attends demain, me conseille Konrad, gêné. Il ne peut pas signaler ta disparition à la police dans l'immédiat, c'est trop tôt. Nous gagnons donc un peu de temps. Les visas seront prêts mardi dans la soirée. »

L'excitation de Konrad confine à la bouffonnade, mon inquiétude au sujet d'Edward grandit. Je le vois, seul dans notre salon, en train de terminer une bouteille de whisky japonais et de passer des coups de téléphone à toutes les connaissances susceptibles de l'aider.

« C'est sûr... il va passer une sale nuit », marmonne mon complice, à croire qu'il lit dans mes pensées.

« Et pas qu'une seule... C'est au-delà de mes forces, je ne peux pas lui infliger une pareille peine.

— C'est probablement un type très bien, ton mari. Il a beaucoup de classe et beaucoup d'humour, si je me fie à nos dix minutes de conversation. Mais malgré toutes ces qualités, je ne pense pas qu'il te laissera partir à l'autre bout du monde dans ton état. Ce qui ajoute à ses mérites, en définitive, et prouve qu'il se préoccupe de toi. Même en première, le vol sera éprouvant, Wanda... Je ne t'apprends rien. Il faudrait qu'il soit complètement inconscient ou carrément fou pour accepter ton projet. Donc, si tu changes d'avis, tout se termine ici.

— Bien... Si on regardait la carte de l'Inde ? »

Nous suivons du doigt les six mille kilomètres qui séparent en ligne droite Cracovie de Bénarès, une ville dotée d'un aéroport au nom qui sonne comme le titre d'une vieille épopée, « Lal Bahadur Shastri ». Détour par

Francfort, première escale, puis survol de la Pologne, l'Ukraine, la Moldavie, la mer Noire, la Géorgie, l'Azerbaïdjan, la mer Caspienne, l'Iran, l'Afghanistan, le Pakistan et nous voilà enfin en Inde, à New Delhi, où il nous faudra à nouveau changer d'avion. La magie de l'atlas opère, bien qu'il soit en version électronique. Konrad pousse des soupirs d'étonnement chaque fois qu'il épelle les dénominations d'une région ou d'une bourgade en polonais et en anglais. « Tiens... Trouskavets », s'égaille-t-il aux dépens d'une station thermale située au sud de Lvov. Je défends vaille que vaille la réputation de Trouskavets où, au siècle passé, les miens allaient en cure soigner leur diabète et leurs affections rénales entre deux promenades, non pas dédiées à l'entretien de leur forme physique mais à la traque du maréchal Pilsudski qui aimait y séjourner.

« Et si nous nous crashons ? Mettons à proximité de Derakht-e-Senjad ou de Torbat-e Jam... », s'enquiert-il, l'attention rivée sur une province située au nord-est de l'Iran, frontalière de l'Afghanistan.

« C'est pour le plaisir de prononcer Derakht-e-Senjad que tu me le demandes.

— Comment l'as-tu deviné ! C'est beau, ne trouves-tu pas ? »

Konrad s'étire, se frotte les yeux et pose sa tablette près des photographies de ses enfants. J'appuie la tête contre son épaule, alors que depuis un moment nous sommes à demi allongés sur son lit, l'un à côté de l'autre. La petite bougie parfumée au musc se consume et embaume la chambre. Je sais gré à Konrad d'être là, immobile. Cela me dispense de penser, du moins momentanément, à la terrifiante solitude d'Edward.

Plus tard dans la soirée, le bain chaud m'affaiblit, si bien qu'en traversant le salon où Konrad s'est arrangé une couche sur le canapé, j'ai l'impression de me déplacer dans un bateau secoué par les vagues. En guise de chemise de nuit, je porte un de ses T-shirts qui me descend jusqu'aux genoux. Je rétrécis de jour en jour, si ça continue, Konrad pourra me mettre dans un bagage à main. Il s'obstine à vouloir remplacer mon nouveau patch de morphine et retirer celui que je porte collé sur le haut du buste. Un rituel dont je préfère assurer moi-même le déroulement.

En me réveillant le lendemain, aux alentours de midi, je m'étonne de n'en avoir pas gardé le moindre souvenir. Ni Gabriela, ni Marta, ni Edward ne sont venus perturber mon sommeil, ce qui me procure le sentiment absurde qu'ils ont renoncé à me retenir auprès d'eux. L'appartement est plongé dans le silence, interrompu à intervalles réguliers par les roucoulements des pigeons. Je me lève pour aller les voir depuis la cuisine où je trouve, posé près de la bouilloire, un mot gribouillé de la main de Konrad : « Je suis au marché Kleparski, rentre de suite. » Son écriture paraît moins désintégrée qu'hier, ce qui à mon sens témoigne davantage de la fragilité de son état que d'une amélioration. Je donne une poignée de cornflakes aux pigeons et me prépare un thé dans lequel je trempe une biscotte.

Mouillés par la pluie de la nuit, les murs de l'immeuble d'en face se sont assombris, pour virer du rouge Bourgogne au rouge violacé. La seule chose que Gabriela ait toujours regrettée de Cracovie, ce sont les façades des maisons de la vieille ville, déclinées dans toutes les nuances d'ocre, lesquelles rehaussent audacieusement les influences de la Renaissance italienne. Cela n'a toutefois pas incité ma fille à nous rendre visite plus fréquemment. Depuis qu'elle a trouvé refuge dans ce village du sud de la France, jeté dans une pinède à distance égale entre Avignon et Aix-en-Provence, ses déplacements se sont raréfiés.

« Tu n'as pas à t'en faire, maman. Je n'aime pas quitter cet endroit parce que ça change tout le temps, au moindre mouvement des nuages, et je n'en veux rien louper », m'a-t-elle dit au téléphone, il y a de cela deux ans.

Versatile face à ma maladie, oscillant entre insensibilité, abattement, et une attention proche de la niaiserie, Gabriela reste la mieux armée pour affronter les événements à venir. Ce qui ne me libère pas du devoir de lui apporter une explication, de donner une raison à ma décision, à supposer qu'il y en ait une. Et si elle s'en fichait ? Si ce que j'avais à lui dire ne présentait à ses yeux aucun intérêt autre qu'humoristique ?

Ma Petite Rakshasha,

J'ignore quand tu ouvriras cette lettre mais, connaissant tes habitudes en la matière, je suis sûre qu'au moment de la lire tu disposeras déjà d'informations me concernant, venues de ton père ou de Marta.

Quoi que tu puisses entendre, sache que la situation est infiniment moins grave qu'on ne te la présentera. Je suis partie casser ma pipe au loin, dans un pays plus ludique que le nôtre, bien que tout aussi conservateur à certains égards. La compagnie de ton père m'aurait été précieuse, s'il avait su passer outre aux recommandations des médecins. Je l'accuse seulement de trop de bienveillance à mon égard.

C'est un homme remarquable. Est-ce qu'il aurait pu être un meilleur père ? Oui, sans doute, dans la mesure où, tous, nous pouvons essayer, en toute circonstance, d'être meilleurs les uns envers les autres. Ne lui impute pas d'avoir honte de ton mal, de ta singularité… Il n'en a pas honte, mais peur. Les hommes de son acabit craignent toujours ce qui échappe à leur contrôle et s'en éloignent. Il serait bien que tu n'en gardes pas de ressentiment. Dans tous les cas tu peux compter sur lui. De même que sur Wladek qui, en retour, aura besoin de ton assistance, sans oser le montrer. Sois généreuse avec eux, tu en es capable. Quant à Marta… Sa vie se déroule à un rythme bien plus soutenu que le nôtre, mais aussi différents que soient vos modes de vie, vos goûts et vos caractères, elle est et restera loyale vis-à-vis de toi.

Rakshasha, si je peux me permettre, non pas en tant que mère mais en tant que médecin... fais-toi confiance d'abord, ensuite aux médicaments et à ceux qui les prescrivent. Je ne l'aurais pas dit il y a trois ans. Mais dès ton installation en Provence, j'ai noté un changement incontestable et incontestablement positif. Je loue cette terre étrangère de t'avoir offert autant de joie, d'apaisement, un ancrage si solide. Ne la quitte sous aucun prétexte. On épouse un paysage comme on épouse un homme. Si vous étiez destinées l'une à l'autre, reste-lui fidèle. Elle saura te récompenser encore plus qu'elle ne l'a fait jusqu'à présent. Je t'avoue que je partirais plus légère, apprenant qu'il y a quelqu'un dans ta vie à l'image de cette terre. Non pas « un petit copain », mais un roc. On doit en trouver dans ton coin, non ?

J'emporte avec moi ton petit autoportrait en aquarelle, parce qu'il y a une trace de ton pouce dessus. À chaque fois que je le touche, j'ai l'impression de te toucher, toi. J'ignore si c'est ton cas, mais cela me fait un grand bien de te sentir près de moi.

PS. Il y a quelques vieilles photos de famille dans la boîte à chapeau. Elles sont à toi.

*

Un ramdam derrière la porte d'entrée interrompt mon activité épistolaire. Marta, qui ne lit plus faute de temps, recevra un message vidéo que j'enregistrerai demain.

Mais que se passe-t-il ? La porte cède, défoncée à coups de pied. Konrad déboule plutôt qu'il n'entre, dissimulé derrière des sacs à provisions et des branches de sureau noir nouées en bouquet.

« Konrad, que comptes-tu faire de tout ça ? Organiser une distribution de denrées alimentaires dans les rues de Calcutta ?

— Je compte en faire des boulettes de viande ! Ma spécialité. Puis, des crêpes au fromage blanc… Et, si nous en avons le temps, une brioche tressée. Je ne t'ai pas dit mais je déteste la bouffe indienne. Je lui trouve un goût de savon. Le sureau… c'est pour toi.

— Alors je te laisse cuisiner et je vais acheter nos billets. Dis-moi seulement la date de ton retour. »

Il se tourne vers moi, s'appuie contre un placard et baisse la tête.

« C'est étrange, mais je n'ai pas pensé à la date de retour… Dans un mois ? Cela me paraît raisonnable. Le temps de me remettre les idées en place. Je ne sais pas ce que je vais faire dans cette putain de ville sans toi…

— Quelle putain de ville ?

— Cracovie.

— Je pensais que tu aimais cette putain de ville. Et tu t'y débrouilles fort bien sans moi.

— Wanda, soyons honnêtes… J'y suis parce que je ne savais vraiment pas où aller après le divorce. Comme je cherchais à m'enterrer, je me suis dit que Cracovie était le lieu idéal. Mais je crois avoir tenu sous terre aussi longtemps qu'un être humain en est capable. Il y a une semaine, je me suis dit : Il faut que quelque chose arrive, qu'il se passe quelque chose ! parce que je n'étais pas en mesure de provoquer quoi que ce soit par moi-même. Et voilà que quelque chose est arrivé. Maintenant, je n'ai pas intérêt à me planter. Ils me proposent un poste à la fac dès l'année prochaine. Je ne la sens pas cette histoire. Ici l'enseignement est routinier, ce n'est pas stimulant. Or il me faut… comment dire… »

Il se tourne vers ses courses, met un sac de farine dans le placard, et un paquet de ce qui pourrait être de la viande enveloppée dans du papier d'aluminium, sur la planche à découper. La pluie tambourine contre le rebord de la fenêtre dans ce triste registre d'un hiver sans fin, maudit de tous.

« Je vois ce que tu veux dire », m'entends-je chuchoter avant de laisser Konrad à ses occupations.

Nous revenons à la discussion tard dans la nuit, après que j'ai dépensé une somme astronomique pour notre voyage, m'exposant ainsi à une réprimande en bonne et due forme de la part de Konrad. Entre-temps, nous avons regardé un vieux film de Zanussi avec Olbrychski dans le rôle principal, et j'ai envoyé un message à Edward : « Je te supplie de me pardonner et d'arrêter de t'inquiéter. Je sais ce que je fais. » S'ensuit une cascade d'appels à laquelle je ne réponds pas, autorisant Konrad à éteindre mon téléphone, ce que je n'avais pas le courage de faire moi-même.

« Tout tourne autour du sentiment de déception. »

Konrad lâche la phrase au milieu du salon, d'une voix faible mais ferme qui me permet de prétendre ne pas l'avoir entendue.

« Décevoir quelqu'un c'est une chose... mais se décevoir soi-même n'a pas d'équivalent. À l'hôpital tu m'as parlé de solitude et de rédemption. S'il ne s'agissait que de solitude... Le mot exact est déréliction. On peut se passer de Dieu quand on a confiance en l'homme, ou du moins en soi. En revanche, comment survivre sans foi en Dieu et sans foi en soi ? »

J'interromps Konrad le temps de baisser la lumière, et lui demande de m'allumer une cigarette.

« Je pensais que j'étais quelqu'un de bien, vois-tu. Je me disais qu'avec ma gueule, j'aurais pu profiter d'un tas de nanas qui me couraient après, qu'avec les relations de mes parents, j'aurais pu finir mes études sans avoir ouvert un seul livre, qu'avec mes muscles j'aurais pu me contenter de passer en catégorie pro de natation ou faire de la pub pour des caleçons... Mais non. Je me suis donné du mal pour devenir quelqu'un de bien et je le suis devenu. Je me regardais dans la glace avec la conviction d'être quelqu'un de droit, d'intègre même. Et puis un soir, je suis sorti de la maison chercher les comprimés contre les maux de tête que me demandait ma femme. Les cordonniers sont toujours les plus mal chaussés. Deux médecins qui vivent ensemble et pas une trace de paracétamol dans la maison. J'ai pris la voiture. Et là, boum ! Finie l'histoire édifiante du type bien ! Il y a ce gamin avec son vélo, qui roule à toute vitesse, les écouteurs sur les oreilles et qui m'aperçoit juste à temps pour comprendre que je vais lui rentrer dedans. Je l'envoie en l'air, il retombe, se fracasse le crâne contre une bouche d'incendie… Et qu'est-ce qu'il fait, à ton avis, l'homme bien que je suis alors ? Je m'arrête, dis-tu. Je cours à son secours. Oui, ça aussi… Mais entre-temps, qu'est-ce que je fais entre-temps ? Eh bien, entre-temps je prie pour qu'il ne s'en sorte pas ! Je l'ai fait, Wanda. Parce que j'avais mon portable à la main au moment où il a surgi. Et parce que j'étais en train de taper un message à ma stagiaire… Pas une relation extra-conjugale, détrompe-toi. Avant d'appeler le Samu j'ai effacé le message que je n'avais pas eu le temps d'envoyer. Ils ont bien évidemment vérifié mon téléphone. Et j'ai été content ! Content pour ma femme et content pour mes fils qu'aucune charge n'ait été retenue… Content comme seul peut l'être quelqu'un de bien. Wanda… qu'est-ce que je vais faire du reste de ma vie ? Je t'envie, tu sais… Parce que, malgré le divorce, aux yeux des miens je suis resté quelqu'un de bien, ce qui suppose que je ne peux pas me pendre. »

Recroquevillé au pied du canapé, Konrad tremble de tout son corps, tandis que, pétrifiée, je l'observe depuis ma chaise adossée à la table. Je comprends qu'il n'existe aucune force humaine, aucun mot de notre langage, aucun geste connu, capable de le soulager. Mais dans ma faiblesse et mon impuissance je viens quand même près de lui, je pose ma main sur son cou, une main sans poids, une main de cadavre en fuite. Je ne m'attends pas à ce que cela change quoi que ce soit et, en effet, cela ne change rien, bien que nous passions ensuite la nuit à boire de la vodka Chopin, ce qui est de tradition chez les Polonais en quête de rédemption.

*

On a beau dire. La surprise est sans doute l'émotion la plus simple, mais elle produit des élans puissants, peut-être pas aussi puissants que l'amour ou la soif de vengeance, mais tout aussi primitifs. Et c'est d'autant plus vrai quand on se surprend soi-même. Je quitte la Pologne prise au dépourvu par le récit de Konrad. Et surprise par ma propre inflexibilité, laquelle, en d'autres circonstances, aurait pu passer pour de la constance. Toujours est-il qu'au lieu de désenchanter, de céder devant le désarroi d'Edward, j'ai soigné avec application ma gueule de bois, imprimé les cartes de la région d'Uttar Pradesh et consulté le site de vente en ligne d'un magasin spécialisé en articles de sport et de loisirs de plein air. Je m'y suis procuré un pantalon en coton léger et une paire de sandales de marche à semelle renforcée, le tout livrable le soir même. Sans état d'âme, je me suis déguisée en clocharde pour descendre à la pharmacie acheter un répulsif contre les moustiques, de la Biafine et du talc. Konrad est rentré dans la soirée après avoir nagé près de deux heures pour dessoûler, puis nous avons examiné les options qui se présentaient à lui – la reprise de son travail à l'hôpital après un mois de cure spirituelle en Inde, le retour aux États-Unis où il avait tous les contacts nécessaires afin de trouver un poste intéressant et nettement mieux payé qu'en Pologne, le virage professionnel à cent quatre-vingts degrés et l'engagement auprès d'une organisation humanitaire qui lui permettrait à la fois de barouder et d'expier ses fautes, du moins en théorie, ce qui valait l'effort d'essayer. Nous avons cuisiné, regardé un magazine de reportages sur TVN, ouvert grand la fenêtre du salon depuis laquelle on aperçoit un bout de la place du Marché avec ses vendeuses de fleurs, ses calèches et ses touristes, désormais aussi nombreux qu'à Prague ou Budapest.

Les cloches de l'église des Piaristes de la rue Saint-Jean se mettent à sonner au moment où nous posons nos maigres bagages en bas de l'immeuble, en attendant l'arrivée du taxi.

En route vers l'aéroport, je me sens tiraillée. D'une part, je souhaite que tout se déroule sans anicroche et que nous soyons au plus vite à Francfort où plus personne ne pourrait nous retrouver. De l'autre, je compte secrètement sur une intervention d'Edward qui aurait deviné mes desseins et, au moment ultime, à l'instant exact de la fermeture du comptoir d'enregistrement, se serait présenté avec son passeport muni d'un visa indien, se joignant ainsi à notre périple au bord du Gange. Aucun de mes vœux n'a été exaucé.

Une fois dans le hall d'embarquement, Konrad poste mes courriers à Gabriela, Adam et Wladek, remplit les étiquettes de sa valise et de mon sac. Les hôtesses d'accueil du salon « Premium » s'en occupent aussitôt. Nous commandons deux martinis, histoire de nous persuader que nous sommes à l'aise et que ni lui ni moi ne remettons en doute le bien-fondé de notre exode. Nous parlons peu, chacun plongé dans ses pensées, envahi par ses propres tourments, la boule au ventre et la gorge nouée.

« Demain à la même heure, tu me guideras dans tes eaux sacrées...

— Oui, je te guiderai », lui ai-je répondu, pensant qu'il n'en n'aurait nul besoin.

Contrairement à moi, il connaît déjà la vérité sur lui-même, ce que le Gange est censé révéler à ceux qui s'y baignent. Je lui tiens la main jusqu'à ce que les formalités devant le guichet des passeports nous séparent. Je passe la première, franchis le portique de sécurité quand, resté derrière, Konrad m'appelle. Je le vois s'éloigner, encadré par deux fonctionnaires de la police aux frontières.

D'après ce qu'a bien voulu m'expliquer l'hôtesse en me pressant de monter à bord, des irrégularités dans son passeport nécessitent des vérifications supplémentaires, qui ne l'empêcheront pas de prendre un vol le lendemain. Dans l'affolement, j'égare quelque part l'autoportrait de Gabriela, qui n'est plus à sa place dans mon agenda. Quand l'avion décolle, je suis seule en première classe.

*

L'infortune de Konrad, pour autant qu'elle se soit révélée passagère, comme il m'en a informée dans son message, m'a beaucoup arrangée. Obligé d'attendre que l'on corrige la date de validité de son visa, il en est pourtant déboussolé. Il m'a suppliée de ne pas quitter Francfort sans lui, mais n'a pas trouvé d'écho. Il semble investi dans ce voyage plus que je ne le suis moi-même. Je n'ai pas eu à le convaincre de continuer. Il s'impatiente de repartir. J'y entrevois le début de sa cicatrisation. La nuit qui a précédé notre départ, il est entré dans ma chambre après m'avoir entendue tousser et y est resté, bien que mon accès de toux n'ait pas duré. Gêné et d'une maladresse qui m'a émue autant que son premier baiser il y a un quart de siècle, il s'est allongé contre moi sans mot dire. C'est moi qui ai fini par disserter, la tête appuyée contre son épaule. Je lui ai parlé de ce hors-lieu qu'il porte en lui, qui le lie à l'Univers, et qu'il est libre, à tout instant, d'habiter tel un abri. Ne comprenant pas, il s'est mis à tâtonner la table de chevet à la recherche de cigarettes. Le réveil a sonné au même moment, et nous n'avons pas repris la conversation. Déjà affairé à nous préparer un café, il s'est interrompu brusquement pour ouvrir grand la fenêtre et faire un étirement, inconscient de sa vitalité.

« C'est ça, un hors-lieu, ai-je murmuré, en l'observant inspirer un bol d'air chargé de pluie et de l'odeur des pigeons.

— Montre-moi. »

Je me suis approchée et l'ai pris dans mes bras. Ce qui l'empêche de faire son métier, de serrer une femme, de s'approcher trop près de la moindre affaire humaine – car je n'en suis plus une, ni femme ni affaire humaine –, a capitulé devant la force tranquille de cette étreinte. Un bref moment, j'ai presque ressenti une fierté personnelle à le savoir désormais prêt à recevoir et à donner de nouveau la vie, au lieu de simplement l'affronter.

Je suis pourtant soulagée que ses tracas administratifs l'aient retardé. Je n'ai rien à faire dans la suite de sa guérison. Même le peu que j'ai accompli implique une énergie qui me dépasse ou me vient d'un en-dehors-de-moi vers lequel je dois me diriger. Konrad brouille les pistes.

Seule à Francfort, j'ai encore du mal à les retrouver. Emprisonnée dans un vocabulaire inapte à traduire mon état, je m'applique néanmoins à mettre des mots sur ce qui me traverse. Avant de comprendre qu'il n'y a pas de mots pour exprimer la foi. Car je me suis révélée à moi-même croyante, accueillant par ailleurs la révélation avec calme et indulgence. En atterrissant à Bénarès, dont on pressent l'agitation exaltée y compris depuis les cieux, je me sais déjà toute gouvernée par l'idée de la préexistence des êtres. Je n'arrive pas à la fin du voyage, mais à son commencement. J'en suis apaisée, malgré la fatigue physique et la chaleur qui me fait l'effet d'un bain de vapeur. Puis je sens ma foi s'affaiblir. Comme si la climatisation de ma chambre d'hôtel l'avait refroidie en même temps que mon corps brûlant. Si je dois renaître, sous une forme ou sous une autre, avec qui, sinon avec Edward, voudrais-je partager cette nouvelle existence ? J'ai failli répondre à l'un de ses appels. Quoi de plus simple. Il m'aurait rejointe en deux jours. Pourtant prise d'une panique inexplicable, je demande que l'on m'emmène au port d'où partent les bateaux. Je l'ai aperçu la veille depuis la terrasse de l'hôtel. La lenteur des embarcations qui se déplacent sur le Gange indique clairement le rythme auquel je dois m'accorder. Une fois à bord, je retombe dans une sérénité absolue. Edward continue à m'envoyer des textos affolés, auxquels d'évidence je ne peux donner suite. Il me faut la confirmation que nous ne nous sommes pas connus du fait d'un hasard, fût-il heureux. D'aucuns diraient que ma croyance fraîchement embrassée et d'où le hasard est exclu, souffre de failles, s'ouvre aux doutes. Pas exactement. Je comprends que Edward n'a pas besoin de mes indications pour me retrouver quand, après une longue pause silencieuse, il me demande de l'attendre.

« Je t'attends. »

Plus mystique que je ne l'avais soupçonné, il a mal interprété ma réponse. Le flot ininterrompu des messages qu'il m'envoie désormais m'adjure de ne pas quitter ce bas monde sans le revoir. Je n'en ai pas la moindre intention. Je l'attendrai à l'endroit où je descendrai du bateau.

REMERCIEMENTS

À Ludwik Flaszen et à Érik Veaux, j'adresse ma reconnaissance pour toutes les heures joyeusement perdues à l'Université de Babylone.

Cet ouvrage a été imprimé
par CPI Bussière
pour le compte des éditions Grasset
à Saint-Amand-Montrond (Cher)
en février 2021

Mise en pages Maury-Imprimeur

PAPIER À BASE DE
FIBRES CERTIFIÉES

Grasset s'engage pour
l'environnement en réduisant
l'empreinte carbone de ses livres.
Celle de cet exemplaire est de :
650 g éq. CO_2
Rendez-vous sur
www.grasset-durable.fr

N° d'édition : 21938 – N° d'impression : 2056465
Dépôt légal : janvier 2021
Nouveau tirage dépôt légal : février 2021
Imprimé en France